월요일의 그녀에게

임경선 작가가 일하는 여자에게
들려주고 싶은 이야기

월요일의 그녀에게

임경선 지음

알에이치코리아

일을 통해 나를 단단하게 만들 것

얼마 전, 반가운 전화 한 통을 받았다.

10여 년 전 당시 한 기업의 마케팅 팀장으로 일하던 내가 직접 면접을 보고 뽑은 여성 신입사원이 있었다. 갓 대학을 졸업한, 유난히 희고 뽀얀 피부를 가진 그녀는 차분하고 수줍음이 많아서 스스로를 화려하고 당차게 어필하려는 다른 후보들과 사뭇 대조적이었다. 하지만 나는 직감적으로 그녀를 뽑았다.

그녀에겐 상사들이 신입사원에게 기대하는 전형적인 붙임성은 없었지만 자기한테 맡겨진 일은 흠잡을 데 없이 꼼꼼하게 해내는 치밀함이 있었고 일을 가르쳐주는 대로 쑥쑥 흡수하는 이해력이 탁월했다. 말수가 적은 만큼 눈치 혹은 상황 판단이 정확해서 순발력 있게 위기를 넘길 줄도 알았다. 그녀는 팀의 막내였지만 내심 내가 가장 든든하게 여겼던 팀원이었다.

"팀장님, 저……."

"응, 웬일이야, 무슨 일 있어?"

"저 얼마 전에 팀장으로 승진했어요. 알려드리려고요."

여전히 수줍은 목소리로 그녀가 보고했다. 나는 기쁨과 놀람의 탄성을 질렀다. 내가 맡고 있던 일을 이젠 그 앳된 아이가 하고 있다니! 앳된 아이라니, 이젠 그녀도 다섯 명의 팀원을 책임지는 어엿한 팀장이 된 것이다. 세월의 흐름이 새삼 놀랍기도 했지만 무엇보다도 그녀가 직접 전화로 내게 알려줘서 더 기뻤다.

"어때, 할 만하니?" 내가 물었다.

"아우, 힘들어 죽겠어요."

하지만 나는 그녀가 아주 잘해내고 있으리라는 것을 알고 있었다. 물론 그러다가 가끔 지칠 때면 '그때 팀장님도 이런 마음이었구나.'라며 가끔 내 생각이 나겠지만.

그녀의 전화는 내가 《대한민국에서 일하는 여자로 산다는 것》의 개정판을 내는 데 하나의 동기부여가 되었다. 일하는 여성들과 공감과 연대를 나누기 위해 썼던 《대한민국에서 일하는 여자로 산다는 것》을 펴낸 지 어언 7년이라는 세월이 흘렀지만 여전히 일하면서 만나게 되는 여러 후배들은 각자의 일터에서 힘겨워했다. 신문 지면이나 라디오 상담을 통해서 만났던 일하는 여성들의 고민들이나 여러 강연회에서 여성 독자들에게 받는 질문들에 귀 기울여보노라면, 여전히 대한민국에서 일하는 여자로 사는 일은 녹록치 않음을 새삼 느꼈다. 일요일 저녁만 되면 SNS는 월요일 아침 출근을 곤혹스러워하는 비명으로 가득 차 있었다.

한때는 '하면 된다' 식의 자기계발서가 유행했지만 사회 양극화가 심화하고 자본주의가 고도화할수록 '열심히 일해봤자 남 좋은 일 해주는 것'이라는 체념이 팽배해졌다. 개개인이 아무리 노력해도 결국 스스로를 착취하거나 소진하는 일이 될 뿐이라며 성취 지향 대신 위로나 치유를 앞세우는 분위기가 휩쓸기도 했다.

하지만 나는 여전히 성실할 수 있는 권리를 가지고 싶다. '하면 된다' 식의 맹목적인 긍정도, '해봤자 소용없다' 식의 무기력증도 권장하고 싶지 않다. 노력이라는 말을 쉽게 사용하기에 미묘한 시대가 되었지만 그것을 사용하지 못하는 체념의 시대에도 도저히 익숙해지지가 않는다. 왜냐하면 그렇게 성실히 자신의 최선을 다하는 사람들을 보며 나도 힘을 얻고, 나도 노력해야겠다는 생각을 하게 되기 때문이다.

노력이라는 것은 거창한 것이 아니다. 상황을 직시하고 자신의 머리로 스스로 생각하고 고민하고 판단하고 실천과 행동으로 옮기는 것, 그런 자발적인 인간의 존엄성을 담은 태도라고 생각한다. 그 어느 시대에나 인간은 더 나아지고 싶어 하는 욕구가 있었고 자신이 하는 일에서 의미를 찾으려고 분투해왔다. 세상일은 참 내 맘대로 되는 게 없어 보이지만 그래도 쉽게 내팽개쳐서는 안 되지 않을까.

초등학생 아이를 키우면서 글을 쓰는 프리랜서의 삶을 9년째 살고 있지만 시간이 지날수록 그전 12년간의 직장생활 경험이 있었기에 현재의 커리어가 단단히 지탱되고 있음을 체감한다. 그래서 더더욱 직장생활 초창기의 기초체력을 다지는 것과 일을 대하는 태도의 중요성을 절감하게 된다. 피하지 않고 당당히 맞서기. 자기합리화와 남 탓을 하지 않을 것. 일과 친해지고 일을 좋아하게 될 것. 일을 통해 나를 단단하고 강하게 만들 것.

월요일 아침 각자의 일터로 향하는 그녀들을 응원하고 싶다. 월요일이 우울하거나 고통스러운 한 주의 시작이 아니라면 얼마나 좋을까? 이 책이 월요일을 준비하는 그녀들의 답답한 마음을 해소하는 역할을 할 수 있다면 더없이 기쁠 것 같다. 얼굴에 생기와 홍조를 띠고 출근하는 그녀들을 상상하며 나 역시도 그녀들에게 지지 않도록 오늘 하루 열심히 뛸 것이다.

2014년 겨울 초입에,
임경선

월요일의 그녀로부터

원고 청탁을 받았을 때 나는 적잖이 당혹스러웠다.

전화 속 '그녀'는 《대한민국에서 일하는 여자로 산다는 것》의 개정판을 출간할 예정이며 그 서문에 나에 대한 이야기를 썼고 그렇기에 내가 추천의 글을 써주면 좋겠다고 특유의 속사포 같은 말투로 전했다. 나는 다른 말은 한 마디도 하지 못하고 "네, 네에, 하하하……." 하며 얼떨결에 청탁에 응하고 말았다. 팀장이 업무 지시를 내리면 "네, 알겠습니다!" 하고 따라야 할 것만 같은 팀원의 마음이었다고 할까.

전화를 끊은 후에야 여러 가지 감정들이 몰려왔다. 존경하는 선배가 나에게 이런 기회를 주었다는 기쁨과 고마움, 그런데 내가 과연 이 책에 추천의 글을 쓸 자격이 되는 건가 싶은 부끄러움까지 만감이 교차했다. 무릇 추천의 글이라면 이름이 알려지고 사회적으로 성공을 인정받는 사람들이 쓰는 것 아니던가.

아마 임경선 '팀장님'(많은 사람들에게 작가로 알려졌지만 나와는 팀장과 사원으로 처음 만났기 때문에 여전히 팀장님이라는 호칭이 편하다)이 아니라 다른 사람이었다면 적당히 겸손한 핑계를 둘러대며 거절했을 것이다. 왜냐하면 나는 그녀가 서문에서 밝혔듯 자기 어필에 능하지 못할 뿐만 아니라 공개적으로 자신을 드러내는 것을 몹시 어색해하는 사람이니까.

대학 졸업 후 입사 이래로 한 회사, 한 팀을 줄곧 지켜온 내 이력에 비해 나는 꽤 여러 명의 팀장들, 그것도 모두 여성인 팀장들을 경험했다. 다른 팀장들과 비교하면 임경선 '팀장님'과 함께한 시간은 짧은 축에 속하지만 새끼 오리가 알에서 부화했을 때 처음 만나는 존재를 어미로 따르는 것처럼 나에게 있어 그녀는 '영원한 나의 팀장님'으로 각인되어 있다. 물론 다른 팀장들에게도 나름의 미덕이 존재했지만 그녀는 내가 생각하는 이상적인 리더의 덕목을 두루 갖춘 인물이었다.

신입사원 시절 임경선 팀장 밑에서 직장생활에 필요한 대부분의 지혜와 업무방식, 일과 사람을 대하는 태도를 배웠으며, 지금까지도 그 시절의 배움이 직장생활을 지속해나가는 힘의 원천이라고 믿는다. 그녀는 눈빛부터 말투까지 그야말로 카리스마가 철철 넘치는 사람이었는데, 햇병아리인 내가 봐도 유능하고 정치력까지 겸비한 커리어우먼의 표상이었다. 업무지시는 정확했고 피드백은 명쾌했으며 감정적인 뒤끝을 남기지 않는 쿨함이 멋졌다. 이 책에서도 느낄 수 있듯이 그녀는 일과 인간관계, 사회생활에 대한 통찰이 날카로웠고 나는 그녀가 퇴사한 후에도 한동안 힘든 일이 생기면 그녀를 제일 먼저 떠올렸고 그녀에게 나의 고민을 털어놓고 싶었다.

시간이 흘러, 내가 팀장이 되었다. 팀원일 때는 팀장의 눈치를 보지 않던 나였지만 팀장이 되고 나니 내가 과연 리더의 역할을 잘 하고 있는지 걱정스럽고 팀원들의 눈치를 보게도 된다. 팀원으로서 내가 임경선 팀장님을 존경하고 그녀와 같은 유능한 사회인이 되기를 바랐던 것만큼은 아니더라도, 나의 팀원들이 어려운 일에 부딪혔을 때 먼저 상의하고 싶은 존재가 다름 아닌 내가 되기를 희망한다.

지금 이 시점에 직장생활에 대한 지혜와 통찰이 가득한 이 책을 다시 꺼내들게 된 것은 필연적으로 찾아온 행운일지도 모르겠다. 추천사를 쓰기 위해 이 책을 다시 읽으면서 내적, 외적 갈등을 해결할 실마리를 찾게 되고 지금 나의 일과 역할에 대해 뒤돌아보는 기회가 되었다.

부끄럽지만 고백하건대, 나는 일요일 저녁마다 월요병에 시달리고 아침에 알람이 울리면 차라리 아침 식사를 포기하고 5분, 10분 기상을 유예시키다 허둥지둥 출근길에 오르며, 만원 지하철

속에서 일상으로부터의 도피를 꿈꾸기도 하는 지극히 평범한 직장인이다. 때로는 반복되는 업무 속에서 매너리즘에 빠져 일할 동기를 잃어버리기도 하고 회사 일로 스트레스가 극에 달할 때면 남편에게 언제 회사를 그만둘지 모르니 마음의 준비를 하라고 투정 섞인 엄포를 놓기도 한다.

어쩌면 성공한 커리어우먼을 대표하는 사람이 아니라 현명한 누군가의 조언을 끊임없이 필요로 하며 하루하루 고군분투하는 평범한 직장인이기 때문에 역설적으로 대한민국의 일하는 여자들에게 과감히 이 책을 추천할 수 있는 자격이 생기는 것 같다. 여전히 동료의 위로와 선배의 지혜가 필요한 우리들에게 이 책이 직장생활의 든든한 지침서가 되어줄 것임을 믿으며, 사랑하는 나의 후배들에게 《월요일의 그녀에게》를 한 권씩 선물해야겠다.

공오려

(두산매거진 마케팅 팀장)

이 책은 대한민국의 일하는 여성들이 직장에서 겪게 되는 일상적이고 현실적인 문제를 공유하기 위해 쓰였다. 우리나라는 여성의 사회적 지위가 꽤 낮다는 국제적인 평가를 받고 있지만, 반드시 그런 시각에서 접근하지 않더라도 여성이 직장생활을 한다는 것은 결코 녹록치 않다.

직장생활을 해본 여자라면 누구나 한 번 이상 일을 하면서 깊은 고민에 빠진다. 여자로서 겪어야만 하는 고정관념과 갈등할 때, 일이 '내 일'이 아니라는 생각에 자꾸 겉돌게 되고 점점 일이 재미없어질 때, 마음에 안 맞는 회사 사람들과 매일 얼굴을 마주하며 일해야 할 때, 내가 절대 성장할 수 없을 것 같은 지금 이 회사에 계속 있기가 괴로울 때, 내가 원하는 일이 뭔지도 알 수 없을 때, 그리고 그 모든 고민을 벗어던지고 자꾸 어디론가 도망가고 싶을 만큼 나약해질 때.

이런 고민을 하는 것은 당신 혼자만이 아니다. 다들 속내는 저마다의 사정으로 까맣게 타들어가고 있을지라도, 프로니까 겉으로는 태연한 척 자신의 일을 이 악물고 해나가고 있을 뿐이다. 그러고는 저도 모르게 깊은 한숨을 쉬고 있거나 멍하니 하늘을 바라보고 있다. 나는 이런 그녀들에게 깊은 연대와 공감을 느낀다. 그녀들의 숨겨진 고민들은 적어도 향후 더 나은 직장여성이 되려고, 더 성숙한 인간이 되려고 노력하고 있다는 반증이기 때문이다. 혼자 고민하지 말고 유사한 고민을 가진 사람들끼리, 혹은 그런 고민들을 두루 거친 선배 여성들과 생각을 공유함으로써 깨우침과 해답을 조금 더 쉽게 얻을 수도 있다.

지위나 명예, 고액 연봉을 목표로 계속 승승장구하고 싶어 하는 야망 넘치는 직장여성들에게는 조금 싱거운 책이 될지도 모르겠다. 이 책에서는 남들이 객관적으로 인정해주는 성공보다 나 자신이 인정하는 성공이 기준이 되었기 때문이다. 그래서 일은 물론 인생에서 더 완벽해지기보다는 더 행복해지기 위한 지혜와 힌트를 담았다. 물론 행복하게 일한다는 것은 자신에게 주어진 현실에 대한 안일한 만족이 아닌 직장여성의 기본자세를 갖추고 끊임없는 자기연마와 노력을 바탕으로 얻을 수 있는 것이다. 더불어 자기 자신과의 정직한 소통이 그 무엇보다도 필요하다.

따라서 나는 독자들이 그 누구보다도 스스로와의 소통을 돕기 위한 다양한 추임새를 마련하도록 노력했다. 아무리 책을 통해, 혹은 탁월한 멘토를 통해 좋은 조언을 듣더라도 역시 자신만큼 자기 스스로를 잘 파악하고 변화시킬 수 있는 사람은 없기 때문이다.

부족하나마 이 한 권의 책이 무한한 가능성을 가진 이 땅의 모든 후배 직장여성들이 분발하는 데 작은 보탬이 될 수 있었으면 나로서는 참 행복하겠다.

2007년 8월
임경선

차례

1장 ————
일하는 여자,
우리는 행복한가?

4장 ————

운명을 바꾸다:
성공적인 전직과 재충전

일하는 여자,
우리는 행복한가?

첫 직장에서
천직을 만나기는 어렵다

명함을 지갑에 가득 넣어 가지고 다니면서 만나는 사람마다 부지런히 명함부터 건네는 풋풋한 모습을 보노라면 '아, 사회 초년생들이구나!'라는 생각에 미소가 절로 나온다. 누구나 그런 시절이 있었다.

명함 교환하면서 얻은 다른 사람들의 명함이 두둑이 서랍 속에 쌓이면 괜히 뿌듯하기도 했던 첫 직장의 풍경들. '명함 한 통 벌써 다 썼네.'라면서 총무부에 조심스레 추가 신청을 하기도 했다.

그러나 아쉽게도 모두가 자신의 직장이나 일을 자랑스럽게 생각하지는 않는다. 첫 직장을 잡을 때는 일단 빨리 어디라도 취직이 되었으면 좋겠다는 심정이었지만, 덜컥 합격되어 회사를 다니기 시작하자 세월이 지날수록 하나 둘 회사의 단점들이 부각되고 남의 떡이 커 보이게 된다. 오랜만에 만난 대학 친구들과 회사 이야기를 하다 보면 같은 자리에서 경주를 시작했건만 선택받은 첫 직장이 어디냐에 따라 바로 격차가 벌어지는 것만 같다. 어떤 직장인들은 상대적으로 자신의 초라한 모습만 부각시키면서 나만 첫 단추를 잘못 끼우고 사는 게 아닌가 고민한다.

"일부러 꿀릴 듯한 상대는 마주치지 않도록 피해 다녀요. 그래 봤자 마음만 상하니까."

입사 당시의 당당함과 흔들리지 않겠다던 초심은 어디로 사라졌을까?

"그렇다고 지금 와서 다시 첫 단추를 끼우자니 그동안 해놓은 게 아까워요."

"내가 하고 싶은 일이라면 정말 몸 바쳐 일할 텐데……."

이처럼 현상에는 불만이지만 이러지도 저러지도 못한다. 첫 단추를 다시 끼우기 아깝다는 생각에는, 완벽하게 안전하지 않을 바엔 새로운 모험에 뛰어들기가 망설여지는 데다 시간이 아깝거나 비효율적이고, 그 이전에 잘될 턱이 없다고 변명하고 싶어 하는 속내가 엿보인다. 정말 하고 싶은 일이라면 몸 바쳐 일할 것이라는 투정도 뒤집어 해석하면 마치 별로 하고 싶지 않은 일이라서 지금의 일에 최선을 다하지 않았다는 얘기로 들린다. 하지만 어쩌면 내 몸과 마음을 담아 현재의 일에 몰두하지 않았으니 내가 하고 싶은 일을 몰랐던 것은 아닐까?

나 역시도 처음엔 원했던 곳을 가게 되었다고 기뻐했지만 이내 직감적으로 내가 일할 곳이 아니라는 생각이 들어 혼란스러웠던 적이 있었다. 내가 첫 직장을 특급호텔 홍보실에서 시작한 것은 순전히 매력적으로 보이는 '이미지' 때문이었다. 여성 호텔리어들은 치마 정장에 하이힐을 신고 진주 귀걸이를 하며 머리를 업스타일로 올리는 등 '엘레강스 룩'을 연출해야만 했다. 영어와 일어를 구사할 기회도 많았으며 금발머리 상사들과 화려한 샹들리에로 장식된 호텔 로비를 오가며 분주히 일하는 모습이 어린 마음에 왠지 좋아 보였다.

하지만 나는 하고 싶은 일을 제대로 못 배우고 있는 현실을 비롯해 VIP마케팅에 대한 이물감과 젊음 여성들의 선망직업으로 새롭게 떠오른 호텔리어라는 간판에 대해 심각한 괴리를 느끼기 시작했다.

1년이 채 안 돼 나는 호텔에서 일하는 것을 좋아하는 것이 아니라 그냥 특급호텔에서 자는 것을 좋아한다는 우스운 사실과 직면했다. 특급호텔이 갖는 비일상적인 느낌을 좋아하는 것이지 내가 일상적으로 관리를 해야 할 마케팅 대상으로서의 고급문화는 별로 좋아하지 않았던 것이다.

마케팅 대상으로 그보다 덜 우아하거나 호화로운 대신 변화무

쌍하고 역동적인 대중문화에 더 많은 관심이 있다는 것을 알게 되었다. 꽤 높은 경쟁률을 뚫고 입사한 호텔의 일이어서 그만둔다고 하니 주변의 반대가 만만치 않았다. 하지만 나는 과감히 그만두고 나의 직감을 따라가기로 했다. 그후로 역시 같은 마케팅 업무였지만 아이템은 영화나 음반, 인터넷 등으로 바꿔 젊은층을 상대로 오래도록 신나게 일할 수 있었다.

첫 단추를 처음부터 제대로 잘 끼웠다면 물론 그것은 행운이다. 그러나 대다수는 첫 번째 직장에서 내 몸에 착 감기는 그 느낌을 만나지 못한다. 처음 고른 일을 평생 직업으로 이어갈 수 있다면야 좋겠지만 이는 매우 특수한 일부 직업에만 국한되는 게 현실이고, 대부분 첫 단추는 잘못 끼운 게 당연하고 자연스러운 일이다.

따라서 첫 선택에 대해 지나치게 긴장할 필요는 없다. 급한 마음으로 현재의 불만족에 전전긍긍하지 말고 장기전으로 여러 가지를 시험해볼 수 있다는 마음의 여유를 가지도록 하자.

한 우물을 파라는 말은 귀가 따갑도록 들어온 격언이다. 하지만 현실에서는 엉뚱한 곳에 가서 물줄기가 나올 일이 없는데도 열심히 삽질만 하다가 진을 빼기 일쑤다. 그렇다면 파는 데까지 파다가 아니다 싶으면 멈추고 다른 곳을 파기 시작해도 된다는 것이다. 그런데 그때까지 판 게 아까워서, 또는 다른 곳을 파봤자 똑같이 허망한 일이 벌어지는 게 아닌가 두려워서 옮겨가지도 못하는 경우가 많다.

자기가 어떤 일에 맞는지는 어느 정도 다양하게 경험해보지 않으면 알 수가 없다. 짧은 경험을 토대로 내 적성을 조급하게 정해버리는 것은 어쩌면 새로운 기회가 생기는 것을 스스로 막는 일일 수 있다.

또한 모든 것이 내가 계획한 대로 완벽하게 진행되는 것에 집착하는 건 아닌지 생각해볼 필요가 있다. 어떤 일에 대해 아무리 사전검토를 한다고 해도 당초의 계획대로 진행되는 것은 흔치 않은 일이다. 인간이 하는 일이라는 게 대부분 그런 게 아닐까? 현실이 계획대로 안 돌아가는 건 자연스러운 세상의 이치다. 사람들의 생각도 늘 변화를 거듭한다. 처음 계획을 그대로 관철시키는 것보다는 그때의 상황에 맞게 유연하게 최선의 것을 추구하는 것이 더 자연스럽다.

20대에 자신의 평생 직업을 발견한 사례는 소문만큼 많지 않다. 30대, 40대 여성들이 "지금 이렇게 나의 천직을 찾았어요."라고 말하는 것도 원래는 불투명했던 일들이 어느새 '내 일'이 되어버렸다거나 좌충우돌하는 방황을 충분히 거친 후에 자신이 해야 할 일을 찾게 된 경우였다.

매일의 일에서 시행착오를 겪으면서 내가 할 수 있는 한 최선을 다해 성과를 쌓아올리는 동안, '이거다!'라고 느끼는 '감', 그리고 더 나아가서는 평생 동안 하고 싶은 나의 일이 보이게 될 것이다. 20대 중후반에 모든 것을 결정하려는 생각을 버리고 긴 안목으로 차분하게 나의 일을 찾아나가자. 우리는 매일 아침 일어날 때마다 우리 스스로를 바꿀 수 있는 기회와 마주하고 있다.

워커홀릭은
휴식도 일처럼 한다

서른 살이 갓 넘은 한 직장여성은 그해 들어 다섯 번째로 응급실에 실려가던 날, 그제야 일 중독증에 대해 전문적인 도움을 받아야 한다는 사실을 받아들였다. 일 중독증은 일종의 신경정신과 질환인 공황장애의 모습으로 나타났다. 심한 호흡곤란증과 어지럼증 그리고 이유 모를 극심한 공포감을 호소하며 응급실을 찾은 것이다.

담당의사는 "공황장애를 고치려면 욕망을 버려야 해요. 과욕이 문제예요."라는 처방을 내렸다. 생각해보니 정신적으로 다치기 전에 이미 몸이 여러 차례 생리불순과 극심한 아토피 증상으로 이상 신호를 보냈었다. 하지만 6만 원짜리 고농축 고단백 링거 한 번 맞으면 되겠거니 하고 그 신호를 무시했다. 그러고는 다시 사무실로 돌아가 아무 일도 없었다는 듯이 일하면 그만이라고 생각했다.

비단 그녀뿐 아니라 '일 좀 한다'는 여자들 중에는 브레이크 없는 워커홀릭들이 정말 많다. 늘 "바빠 죽겠어."를 입에 달고 다니는 그녀들은 엄살 부리는 게 아니라 실제로 자신들을 정말 미치도록, 과로사 일보 직전까지 바쁘게 만든다. 동시에 "아무 생각 없이 어디론가 떠나고 싶어."라고 푸념하지만, 가격대비 양질의 호텔을 비교하고 현지에서의 가장 효율적인 동선을 과제처럼 연구하는 그녀들은 이미 아무 생각 없이는 아무것도 할 수 없다.

여유와 우연 같은 단어는 그녀들의 사전엔 없다. 혹은 복잡하고 피곤한 인간관계에 지쳐 그냥 단순 노동이나 하며 살고 싶다고 하다가도 막상 알량한 명함이 없을 때의 초라함은 견뎌내지 못한다. 그러면서 또 이렇게 구시렁댄다. "왜 내가 가는 회사마다 이렇게 일이 많은 거야?" 정작 본인들이 바로 일을 몰고 다니는 주범이면서 말이다.

그녀들로서는 안 짤릴 정도로만 대충 일하는 게 가장 어렵다. 이미 그녀들은 자신들이 다 알아서 미리 더 많이 일하는 것이 몸에 배어버렸기 때문이다. 불쌍한 그녀들을 위해 '일을 잘한다' 혹은 '일을 다 끝냈다'의 측정 가능한 기준이 있으면 좋으련만, 애석하게도 그것은 매우 주관적이다.

똑똑한 상사나 클라이언트라면, 그녀들에게 쉽게 만족감을 표현하지 않고 한 단계 더 높은 과제를 기꺼이 부과할 것이다.

상사들의 칭찬 한 마디는 괴물처럼 일하는 그녀들을 춤추게 하곤 한다. 칭찬이나 인정이야말로 그녀들에겐 절대 쾌감이자 삶의 낙인 셈이니까.

반면 누군가로부터 질책을 받거나 비난을 들으면 겉으로는 태연한 척 굴어도 속으로는 끙끙 앓는다. '싫은 소리'에 대한 면역력이 약한 그녀들은 그래서 본인들이 알아서 자신을 혹사시키는 것은 아닐까.

"워커홀릭의 성취욕은 실질적이고 외적인 성취 결과와 관계없이, 근본적으로는 자신의 개인적이고 내적인 만족을 위한 것"이라는 게 전문가의 평이다. 그래서 늘 불만족으로 끝나는 워커홀릭도 있다.

홍보대행사를 다니는 한 여자 후배는 남들이 일을 잘했다고 말해도 그 말을 순순히 믿지 못한다. 항상 잘못한 부분만 더 부각시키고 '더 잘할 수 있었는데…….'라며 도리어 위축된다고 한다.

"홍보라는 일에는 기본적으로 만족이 없어요. 아무리 고객사 제품에 관한 기사를 여러 매체에 나오게 했다 해도 고객들은 늘 우리를 쪼기 위해 일부러 만족스럽다는 의사표현을 안 하죠. 뛰면 뛸수록 얼마든지 더 기사화될 수 있다고 생각하나 봐요. 어차피 홍보는 잘하자고 치면 끝도 한도 없어요. 처음에는 그런 고객들에게 섭섭하고 너무한다 싶었는데 요새는 그들이 저를 채찍질하기 전에 제가 미리 스스로를 들볶아요. '이것밖에 못해? 더 해! 싫은 소리 듣기 싫잖아?'라면서 자학하는 게 업무 습관이 되었죠."

100명을 다 만족시키려는 욕심은 자신에 대한 죄책감을 만드는 메커니즘으로 작용하기 때문에 최선을 다했음에도 '넌 형편없는 인간이야.'라며 자신한테 화살을 돌리게 된다. 어찌 우울하지 않을 수 있을까.

인간에게는 한계가 있다. 계속 120퍼센트 출력 상태로 질주하면 어느 순간 반드시 다 소진되고 만다. 그러고는 폭삭 주저앉는다. 한 번 소진된 에너지가 다시 제자리로 돌아오는 데는 매우 오랜 시간이 걸린다는 사실을 아는가? 뭘 위해 그렇게 열심히 달렸는지 잊어버릴 만큼 오래 쉬어주지 않으면 회복되지 않는다. 그 사이 자신들이 슈퍼우먼이나 사이보그가 아니라 인간임을 깨닫는다면 다행이다. 게다가 내가 맡은 다양한 일들 중에는 결코 완벽하지 않아도 그냥 끝내면 되는 일도 있다는 점을 명심하자.

사실 회사에서 승승장구하는 여자일수록 슈퍼우먼을 지향해 워커홀릭을 자랑스럽게 생각하기 쉽다. 식생활은 엉망인 데다 수면 부족으로 피부는 거칠고 체력은 거의 한계에 다다랐지만 주말에 하루 종일 자면 다 나을 거라고 희망적으로 예측한다. 그 사이 누적된 스트레스로 여성 호르몬 밸런스는 암암리에 깨지고 있다.

위에서 말한 공황장애나 우울증뿐만 아니라 갑상선 기능 이상, 자궁근종 등의 호르몬 관련 병을 자초하는 직장여성은 셀 수도 없이 많다. 이것은 결코 슈퍼우먼의 훈장이 아니다. 자신의 체력과 기력의 한계를 무시한 결과일 뿐이다.

한 워커홀릭 여성을 더욱 절망에 빠뜨린 것은 회사의 반응이었다.

"아직 시집도 안 간 내가 자궁근종 수술 받게 돼서 일주일 불가피하게 결근해야 할 상황인데 회사에서는 중요한 시기에 담당자가 빠진다고 잔소리를 하질 않나, 이젠 아예 자기관리 못하는 직원으로 찍혔잖아! 그 일 다 시켜놓고 혼자 제시간에 퇴근한 건 누군데!"

현실은 냉혹해서 회사는 안 보이는 과정보다 보이는 결과를 놓고 평가하기 마련이다.

행복한 직장생활을 유지하기 위해서 일과 사생활의 균형은 너무나 중요하다. 하지만 회사 일은 끝도 한도 없고 그 많은 일을 다 잘해낼수록 더 많은 일이 내게 넘치듯 몰려왔다. 문득 고개를 갸우뚱거리지 않을 수 없었다. '내가 서른이 넘어서까지 지금과 같은 페이스로 계속 일할 수 있을까?' 20대에 몸이 부서질 정도로 일을 하는 것은 좋게 말하면 그 시절에만 경험할 수 있는 기회이지만 30대에 같은 식으로 일하는 것은 그저 요령이 없는 것이다.

일을 한다는 것은 100미터 달리기가 아니라 마라톤이다. 그 모진 상사의 말대로 몸과 마음의 건강관리 모두가 '커리어 관리'의 불가결한 일부다. 남이 나를 챙겨주기를 기대하기 전에 내가 나를 먼저 챙겨야 하는 곳이 직장이다.

커리어를 오랜 기간 잘 유지해온 사람들에게는 공통점이 있다. 가공할 만한 집중력의 소유자라는 점이다. 그들은 짧은 시간 안에 수준 높은 성과를 내고 업무 모드에서 휴식 모드, 휴식 모드에서 취미 모드로 쉽게 전환한다. 충분히 쉰 후 충분히 일하며 집중할 필요가 있는 일에 에너지를 다 쏟고 그렇지 않은 일에는 적당히 방전하듯 하는 요령도 갖추었다.

만약 당신이 매일 밤 비싼 피로회복제를 먹으며 야근하면서도 뒤가 찜찜한 느낌이라면 자신이 일하는 방식에 문제가 없는지 냉철하게 검토해볼 필요가 있다.

결혼하면
여자만 손해다?

살아 생전에 우리 엄마는 딸을 종종 헷갈리게 하시곤 했다.

"여자 팔자 뒤웅박이야."라며 나의 남자 보는 눈을 질책하시는가 하면 "결혼하면 여자만 손해다."라고 손사래를 치면서도 어떤 때는 왜 빨리 시집 안 가냐고 성화셨다. 혹은 아침에 회사 가기가 너무 싫어 아침 밥상머리에서 "확 그냥 시집이나 가버릴까." 투덜대는 내게 "기껏 힘들게 대학까지 나왔는데 아깝게 그냥 살림만 할 거냐."며 나무라시고는 밤에 딸이 게슴츠레한 모습으로 야근하고 집에 들어오면 "그래도 여자는 남자 만나서 애 낳고 편안히 사는 게 최고의 행복이다."라고 정색을 하셨다.

그 숱한 '어머니 말씀'의 요지는 이렇다. "결혼하면 여자만 고생이지만 그래도 결혼 안 하는 것보단 낫다."

아니, 무슨 인생이 그런가? 여자로 태어난 것 자체가 죄란 소리 아닌가. 그러한 운명론은 파릇파릇하고 세상 무서울 것 하나 없던 20대 초반인 내게는 입에 썼다.

나는 여자 인생의 잔치가 끝난다는 서른 살의 그림자가 서서히 다가올 무렵 주변 선배들의 현실 점검에 들어갔다. 일과 가정생활을 멋지고 조화롭게 유지하며 '여자라서 행복해요'를 진심으로 체감하는 선배는 없을까? 그런 선배가 몇 명 있었지만 그들만의 공통점이 있었다. 집에 원래 가진 돈이 많았거나 친정이나 시댁 부모님이 육아를 전담해주었다.

그래서 좀 더 평범한 기혼 선배들에게 물어봤다. 분위기는 사뭇 달랐다.

선배 A는 정색을 하고 열변을 토했다.

"난 육아 전담반은커녕, 베이비시터의 '비상 대기조'도 없는데 시부모에게 아기 맡겨놓고 일에 열정적인 양하는 여자들 보면 얄미워 때려주고 싶더라!"

선배 B는 여름휴가를 일부러 남편과 다른 기간에 쓸 거라고 한다. 같이 여행가서 지낼 게 아니라면 한 집에서 일주일 함께 있다가는 휴가는커녕 할 일이 더 태산이라는 것이다.

선배 C의 경우 온전히 쉬어야 할 주말이면 시댁어른들이 자꾸 불러대니 하루 종일 시댁의 가사노동에 매달리느라 정작 자기 집 청소는 도우미 아주머니에게 맡겨야 한다고 했다. 억울하게 자기 용돈 써가면서 남편 눈치까지 보며 말이다.

가장 무서웠던 건 선배 D의 반응이었다.

"너도 그냥 결혼해봐……."라며 핏기 없는 미소를 띤 채 담뱃갑을 들고 사라지던 그 선배는 결린 어깨를 끝없이 주물러댔다.

그러는 사이 어느 순간 정신을 차리고 보니 나도 일하는 기혼 여성이 되어 있었다. 쉽지 않았다. 남자들의 가사나 육아 분담에 대한 인식이 과거에 비해 많이 깨이긴 했지만 아무리 노력한들, 손 하나 까딱 안 하고 키워진 남자들의 노력은 여자들이 필요로 하는 만큼에는 미치지 못했다. 이러한 가정 내 현실적인 문제가 가정 밖에서 이루어지는 통계치, 즉 여성의 사회진출과 맞벌이 부부 증가 속도를 따라가지 못하고 있음을 피부로 느꼈다. 결혼하는 날부터 가사 분담의 투쟁이 시작되었다. 부부싸움의 90퍼센트가 이 문제로 불거졌다. 나중에 아기까지 생기면 어떻게 될까 하는 걱정으로 아득하기만 했다. 아이를 갖는 기쁨보다 아이가 또 다른 짐이 되지 않을까 걱정이 앞서 '차라리 9년간 키우던 강아지가 아홉 살짜리 아이로 둔갑해주면 얼마나 좋을까.'라는 허황된 생각도 했다. 지금 결혼해서 사는 것만으로도 힘든데 임신하고 아이 낳고 살림하고 아이 키우며 어떻게 지금 이만큼의 회사 일을 소화하란 말인가? 미션 임파시블!

하지만 결국 나는 6년 후 한 아이의 엄마가 되었고, 회사를 다니는 건 아니었지만 회사에서 일하는 만큼의 일을 프리랜서로서 소화하며 동시에 육아와 살림도 도맡아 해야 했다. 처음엔 모든 걸 다 잘해내기 위해 허둥지둥했지만 이내 그게 정답이 아님을 알게 되었다.

'완벽주의 직장여성+바쁜 아내+게으른 엄마'의 시기도 있고 '대충대충 직장여성+불량 아내+지극정성 엄마'의 시기도 있다. 코피 나고 뻗을 정도로 힘을 내야 할 때도 있고 그 모든 타이틀에서 잠시 거리를 두고 떨어져 있으면서 그냥 '나' 하나를 보듬어주는 시간을 갖기도 했다. 우선 어느 누구도 직장생활과 자녀 양육 및 살림을 완벽하게 해낼 수는 없음을 받아들이는 것이 중요했다. 센스와 강약조절이 필요했다. 당장 자신에게 맡겨진 일의 우선순위를 잘 파악하고 조금 힘들더라도 내가 반드시 해야만 하는 것은 꼭 움켜쥐고, 반면 하나를 가짐으로 인해 필요하다면 다른 하나를 과감하게 포기할 줄 알아야 일하는 여자로서 오래 호흡할 수 있음을 알았다.

말은 "너도 결혼해봐……."라고 가장 서늘하게 했건만, 일터에서는 가장 담담하고 일과 가정의 양립 문제로 호들갑을 떨지 않던 워킹맘 선배 D의 마지막 말이 지금도 귓가에 맴돈다.

"너는 지금 네가 아기를 배 속에서 키워내서 네가 낳는 거라고 생각하고 있지? 실은 그게 아냐. 아기는 자기가 알아서 엄마 배

속에서 자라서 자기가 알아서 이 세상에 나오는 것뿐이야!"

일단 낳으면, 어떻게든 알아서 아이는 커갈 거야, 라며 그 선배는 표정 변화 하나 없이 나를 안심시켰다. 그전까지 나는 나를 둘러싼 모든 것을 내가 컨트롤해야 한다는 오만과 불안감에 동시에 빠져 있었던 것이다.

답답했던 가슴이 시원하게 뚫리고 나니 그다음부터는 결혼생활이 계속될수록 스스로 해답을 찾아갈 수 있었다. 처음에는 '최소한 이 정도 돼야 현대의 커리어우먼이지!' '그 정도 고생은 여자라면 누구나 하는 거야. 그런 상황에서도 이 여자는 이만큼 성공했는걸!'이라며 늘 완벽한 기혼 직장여성의 모습과 나를 비교하며 살아왔지만 라이프 스타일은 저마다 다른 게 당연했고, 미디어에서 보여주는 어떤 이상형을 따라가려 애쓸 필요가 없었다. 대신 나의 현 상황에 맞는 유연한 선택을 하는 것이 내가 훨씬 더 행복해질 수 있는 길이라는 것을 알게 되었다. 현재 나는 초등학교 1학년생인 여자아이를 둔 엄마로서의 인생도 행복하고, 글을 쓰고 강연을 하는 등, 한 사람의 일하는 여자로서도 충분히 충족이 되어 있다. 그리고 결혼 초반, 가사분담으로 밤새 싸우던 남편은 지금 결혼 13년간의 훈육(?) 끝에 가사와 육아를 기꺼운 마음으로 자연스럽게 분담하는 꽤 괜찮은 남자로 변했다.

한국에서 출산은
프로젝트

"실례지만 몇 년생이세요?" "나잇값 좀 해라." "남들 다 해치웠을 때 넌 대체 뭐했니?"

유난히 서로의 나이를 물어보거나 밝히기를 좋아하는 한국 사람들은 나이를 기준으로 사람을 판단하는 습성이 있다. 서열을 매기고 기준을 정하며, 생물학적 나이대로 정해진 삶의 수순을 살아오지 않은 사람들에 대해서는 민감하게 반응한다. 나이 강박증이다.

과감하게 나이에 대한 고정관념에서 벗어나 서른 넘어 유학을 떠나고 마흔 넘어 초혼을 하는 것은 상당한 용기를 필요로 한다.

그리고 어머니들은 결혼도 안 한 과년한 딸을 붙들고 "늦기 전에 애라도 먼저 낳아라." 하고 가끔 과장법을 쓰시기도 한다. 다 "때가 있는 것"이라면서.

이런 환경에서 여자가 일하는 것은 커다란 도전이다. 취업난과 진학, 어학연수 등으로 여성이 취업을 하기 시작하는 나이가 자꾸 늦어지는 데 반해 여성의 출산 능력을 감안해서 역산출한 적정 혼인 연령과 출산 연령은 여자들로 하여금 커리어를 충분히 쌓기도 전에 결혼과 출산의 문제에 직면하게 만든다.

회사에서의 입지가 안정적이지 못한 상황에서 결혼과 출산을 하게 되면 직장에 복귀하기 힘들다는 우려 때문이다. 그런데 결혼과 출산의 문제가 어디 내 마음대로 되는 일인가?

상식적이고 이기적인 대한민국 대졸 여성의 표본임을 자처했던 내 경우만 해도 이 문제의 빡빡함을 십분 경험해오며 쫓기듯, 해치우듯 살아왔다.

나는 남들보다 이른 나이인 스물한 살에 대학을 졸업했다. 그래서인지 어느 조직에 있든 '최연소'라는 호칭을 들으며 내심 그렇게 불리는 데 만족했다. 남들보다 시간을 벌어놓고 앞서가고 있다고 생각했던 것이다. 그 감각에 익숙해진 나는 남들과 늘 거리를 두어야만 직성이 풀렸다. 항상 남들보다 어느 정도 앞서 달리고 있다는 느낌을 받기 위해 다소 무리를 해서라도 달리고 또 달렸다.

무조건 서른 전에는 과장, 그리고 출산 전에는 팀장을 달아야 한다며 자신을 들볶았다. 완벽주의자였던 나는 결혼이나 육아 등의 환경변화에 수동적으로 휘둘리는 것을 극도로 경계한 나머지 20대 후반 무렵 다음의 마스터 플랜을 짰다.

- 적어도 과장이 된 다음에 결혼한다.
- 결혼 후에는 노산이 되기 직전까지 출산을 미루고 열심히 회사를 다닌다.
- 회사를 다니는 동안, 최소한 팀장 자리는 맡아놓도록 한다. 그래야 출산 몇 년 후에 복귀해도 제자리 찾아 들어갈 수 있다.
- 노산으로 분류되는 35세 직전까지 가열찬 맞벌이로 어느 정도 수입을 확보한 후, 그다음의 프로젝트인 출산에 몰입한다.
- 프로젝트 성공을 위해 시간 낭비하지 않고 바로 제일 용하다는 불임 클리닉을 찾아내 등록한다. 자궁을 보해주는 한약도 잊지 말고 먹는다.
- 임신, 출산, 육아 기간을 대비해 부업의 밑그림을 그려놓는다.
- 아이를 남의 손에 맡길 수 있을 정도가 되면 다시 제자리를 찾아가 일한다. 물론 퇴사했을 당시의 직급 이상의 합당한 자리를 찾아가야만 한다. 절대 마음 약해져서 타협하거나 밑지는 장사는 하지 않는다.

어떤가, 이만하면 야무진 계획 아닌가? 그런데 문제가 생겼다. 처음엔 계획대로 잘 나갔건만 임신 부분에서 막혀버렸다. 용하다는 불임 클리닉도 다녀보고 한약도 부지런히 먹었건만, 하늘이 이런 잔꾀 부리는 나를 비웃기라도 하듯이 아이를 주시질 않았다. 스케줄이 완전히 어긋났다고 한동안 좌절했었다.

세상일은 내 맘대로 안 된다는 그 흔한 소리를 그제야 통감했다. 나의 의지와는 전혀 상관없이 상황이 지배해버릴 때도 있는 것이다. 초조함이 어느 정도 가라앉자 차분히 생각을 가다듬기 시작했다. 그렇게 불가항력적인 상황을 만났을 때는 거부한다고 되는 것도 아니고 자책할 필요도 없었다. 단, 한 발짝이라도 앞으로 나아가기 위해서는 그 상황을 '삼키고' 가야 한다는 것을 알았다.

예를 들어 대수술을 받게 되어 최소 1년은 요양차 쉬어야 한다면 무리해서 반년 안에 사회복귀를 꾀하기보다는 건강관리를 위해 충분히 1년을 투자하면서 시간이 지나기를 기다리는 것이 가장 적극적인 대처방식이다.

결코 그 1년 동안 허송세월을 하는 것이 아니다. 중요한 것은 남들의 시선에 일희일비하며 언제까지 뭘 해치우는 데 급급할 것이 아니라 어떻게 하면 내가 가장 자연스러운 호흡으로 삶의 새로운 국면들을 맞이하는가이다.

신의 야속한 장난처럼 보이는 사건에 맞닥뜨릴지라도 그것을 인정하고 받아들이면 그 상황에서 또 다른 새로운 길이 보이는 법이다. 불안감과 초조함을 이겨낸 뒤 찾아오는 인생의 항로에는 새로운 발견과 선물이 있다는 것을 믿어도 좋다.

내 안에 중심이 제대로 서 있다면, 불변의 원칙이 심지 굳게 박혀 있다면, 잠시 항로가 어긋났다고 해서 인생의 큰 방향이 뿌리째 흔들리는 일은 없다. 길을 돌아가도 사람은 원점으로 되돌아올 수 있는 저력이 있다.

난 당신의 누나가
아니야

여자친구 J, 직장 후배 M과 오랜만에 만나 이야기를 나누다가 흥미로운 사실을 발견했다.

J는 12년차 직장인으로 최근에 직장을 옮겼고 M은 나의 전 직장 대리로 재직 중이다.

친구 J : 내 얘기 듣고 내가 이상한 건지, 아닌지 말 좀 해줘.

나 : 무슨 일인데?

친구 J : 전 직장 남자 대리가 최근에 메일을 보냈는데 다짜고짜 "J 누님!"으로 메일이 시작되는 거야. 부하직원한테 누님 소리

들으니까 묘하게 기분 나쁘던데, 그런 내가 이상한 거니?

나 : 흠, 자기 딴에는 친한 척한다고 그랬나 보다. 남자들이 원래 그런 데 좀 둔감하잖아.

친구J : 한 번 자기 팀장이었으면 영원히 팀장 아니니? 아무리 서로 잘 지냈다 하더라도 누님이라고 바로 호칭을 바꾸다니 마치 나를 팀장으로 인정하지 않는 듯한 느낌이 들어. 내가 얼마나 그 친구 승진에 뒤에서 공을 들이고 힘들 때 막아줬는데……. 그 어떤 남자 상사였다고 하더라도 그 정도는 못 해줬을 거야. 남자 상사였다면 퇴사하자마자 "형!" 이렇게 부르겠니? 나이 차이 별로 안 나니까 기어오르는 건가 싶기도 해.

나 : 의도적이든 아니든 무시당한다는 느낌이 들었겠다. 그렇다고 드러내놓고 화내는 것도 조금 우습지, 그치?

친구J : 사실 그냥 넘어가려고 했는데 결정적으로 열 받은 건 또 다른 이유가 있어.

나 : 또 무슨 일이 있었는데?

친구J : 다른 팀 남자 사원이 업무 인수인계 관련해서 물어볼 것이 있어서 전화를 했어. 오랜만에 통화해서 반가웠지. 서로 인사를 주고받은 다음 기가 막힌 소리를 하더라고. "팀장님, 이젠 팀장님이라고 부르기 어색하네요. 뭐라고 불러드려야 되죠? 누나라고 불러야 하나……." 이러는 거야. 농담하는 게 아니더라고. 애써 웃으며 "그냥 부르던 대로 하면 돼요."
라고 넘기긴 했어.

나 : 연타로 그런 일이 있었으면 노이로제 걸릴 만도 하다.

후배 M : 저도 비슷한 경험이 있어요. 사실 말씀은 안 드렸는데 저보
다 한 살 많은 남자 사원 S 있잖아요.

나 : 응, 알지. 싹싹하고 일 욕심도 많은 사원이지.

후배 M : 위에서는 그렇게 보나 보죠? (쓴웃음) 그 S가 사석에서 제
게 대수롭지 않게 "○○ 씨"라고 이름을 부르더라고요. 회사
에서는 필요할 때 작게 "……대리님"이라고 붙이긴 하는데
밖에 나가서는 노골적으로 "○○ 씨"라고 부르면서 마치 여
동생 대하듯 하는데 은근히 신경을 긁더라고요. 이건 다분
히 의도적이에요. 엄연히 직급은 내가 위인데 그렇게까지
유치하게 기선 제압을 해야 하는 걸까요?

친구 J : 남자 중간관리자들이 술 취하면 "이 오빠가……" 하는 것도
생각해보면 잘못된 행동이야. 심지어 중역들도 회식 자리
에서 술 좀 들어가면 왜 남자 팀장들 이름에는 그대로 직급
을 붙여 부르는데 여자 팀장들한테는 아메리칸 스타일로
이름을 부르는지 모르겠어. 자기 딴에는 딸과 같은 나잇대
니까 예뻐 보이고 안쓰럽게 여겨져서 그러는 모양이야.

나 : 그렇지. 그런 배려 별로 고맙지 않지.

나는 선천적으로 남자를 무척 좋아하는 이성애자이지만 그들이 회사라는 공적인 장소에서 우리 여자를 아끼는(?) 방식에 대해 회의적인 느낌을 갖지 않을 수 없다. 남자들은 선의로든 악의로든 주변의 여성 동료들을 직장에서의 딸, 아내, 누이, 여동생으로 보려고 한다. 그 배경에는 여자를 자신들이 보호해줘야 하는 약자로 생각하는 우월적 사고가, 약자인 여자들과의 경쟁을 거부하는 심리가 깔려 있다.

그들은 치열한 조직사회 내 경쟁은 남자 동료들과 하는 것만으로도 충분하고 여자 동료들로부터는 '배려'를 받고 싶어 한다. 비슷한 연배라면 '오피스 와이프'를 둠으로써 그녀가 자신을 '내조'해주기를 바란다. 여자 후배라면 고분고분하고 애교가 넘치길 바라며, 여자 선배라면 누이에게나 바랄 법한 따뜻한 격려와 보살핌, 특히 그 여자 선배가 자기보다 어리다면 특별히 남자의 자존심 건드리지 않도록 말투에 신경 써주기를 은근히 기대한다.

남자들의 '가족'이 되지 않으면? 경계 대상으로 간주된다. 특히 성격이 뻣뻣하거나 드세고 자기 생각이 확고하다면 더욱 요주의 인물로 간주된다. 위협이 되는 여자들을 보면 "저런 독한 여자 데리고 살 남편이 어떤 사람인지 궁금하다."며 혀를 찬다. 아마도 남자들에게 가장 슬프고 두려운 순간은 한때 '보살펴주고 싶은 여자'가 자기보다 먼저 승진했을 때일 것이다.

이런 상황에서 여자들은 딜레마를 느끼지 않을 수 없다. 손쉽게 여성성을 이용할 수 있다는 것은 일종의 유혹이기 때문이다. 하지만 그것이 보호받는 여자의 역할을 강화시키고 장기적으로는 여자를 약체로 만드는 것에 기여하리라는 것은 불보듯 뻔한 일이다. 무의식중에 결혼을 마지막 보루라고 생각하며 '보신 모드'로 적당히 직장생활을 즐기고 말 것이라면 몰라도 진지하게 커리어를 쌓고 일다운 일을 하려면 쉽게 어리광을 부릴 수 있는 함정은 의식적으로 피해야 할 것이다.

여성성이 가지는 따뜻함과 부드러움을 가지고도 얼마든지 독립적이고 능력 있는 직장여성이 될 수 있다. 중요한 것은 사람들과의 관계에 의해서 그들에 맞추어 역할 설정을 하는 것보다 내가 스스로의 위치를 독창적으로 구축해나가는 것이다.

위의 경우처럼 이건 아니다 싶을 때는 남자 동료의 개안을 위해서라도 찬찬히 소통을 하자. 당신의 악의 없는 호칭이 상처가 되기도 하고 친근함보다는 위협적으로 들린다고 알려줄 필요가 있다. 상대는 늘 먼저 나를 위해 바꿔주지 않는다.

그리고 마지막으로 잔소리를 하자면, 팀의 막내가 아니라면 남자들이 많은 회식 자리에서 굳이 냅킨이나 수저를 놓거나, 전골국물을 퍼담아 돌리거나, 반찬 추가로 달라고 소리 지르거나, 고기 탈까 노심초사하며 뒤집는 역할을 무의식적으로 떠맡지 말자. 대신 달리는 체력이라도 보충할 수 있게 열심히 잘 챙겨먹자.

여자가 높은 자리에
올라가기 힘든 이유

칸막이를 중간에 두고 남자 영업 팀장과 여자 마케팅 팀장이 데면데면하게 공생하고 있었다.

두 사람은 공통의 상사인 한 중역 때문에 미치기 일보 직전이었다. 현실적인 상황을 전혀 고려하지 않은 채 그저 자신의 생각이 최고라고 단정짓고 무조건 불도저처럼 밀어붙이려고 하는 상사. 아무리 생각해도 대책이 안 섰다. 평소 토닥토닥 다투긴 했지만 그 감정은 잠시 뒤로하고 남자 팀장은 여자 팀장에게 다가가 중역에 대한 불만을 슬쩍 토로하면서 "대체 말이 통해야 말이지……."라며 연합전선을 펼 것을 제안했다.

왜 그 상사의 아이디어가 현실적으로 구현되기 힘든가에 대해 조목조목 정리해서 다음 회의 이전에 미리 찾아가 설득하고 배수진을 칠 요량이었다.

두 팀의 팀원들은 평소 앙숙이었던 두 상사가 웬일로 돈독한 사이가 되었는지 의아해했다.

결전의 날, 두 사람은 마지막으로 서로 다부진 시선을 주고받은 뒤, 중역실의 문을 열고 당당히 들어갔다. 중역은 마치 자신을 찾아온 이유를 알겠다는 듯 용건을 말하라며 널찍한 의자에 등을 기댄다. 미리 짜고 온 대로 마케팅 팀장은 또렷한 목소리로 설득 작업에 들어갔다.

그러자 눈을 지그시 감고 듣고 있던 그 중역이 갑자기 책상을 치면서 "어째 사람들이 그렇게 수동적이야? 왜 할 수 있다는 생각을 안 해?"라며 호통을 쳤다. 이 정도는 예상했던 터라 계속 굴복하지 않고 반박을 하려는데 갑자기 그녀의 입을 막고 끼어든 영업 팀장이 "상무님, 저희들 생각이 짧았습니다. 전략을 제대로 짜서 보여드리겠습니다."라며 꼬리를 싹 내리는 것이었다! 중역은 그제야 만족스럽다는 듯이 내뱉었다. "그래, 알아들었으면 빨리 나가봐!" 중역실을 나오는 마케팅 팀장의 속은 부글부글 끓기 시작했다.

이 이야기가 말하려는 교훈은 뭘까? 첫째, 회사는 종종 합리성과 이성이 통하지 않는 무지막지한 정글 같은 곳이라는 것. 둘째,

영업 팀장은 애당초 중역한테 대들 생각이 전혀 없었다는 것. 셋째, 결국에는 이 영업 팀장 같은 사람이 회사에서 오래 버틴다는 것이다.

여성이 중간관리자까지 올라오는 것도 쉬운 것은 아니지만 회사 고위층까지 올라가려면 반드시 갖춰야 할 것이 있다. 바로 '감정 다스리기'다. 특히 혼자 힘으로 어렵사리 고위층까지 올라온 실력 있는 직장여성이라면 정의감이 두터워서 회사 내에서 뒤가 구리거나 논리적으로 앞뒤가 맞지 않는 상황이 벌어지는 것을 보면 참지 못하고 폭발하는 경우가 많다. 감정이 민감한 탓에 그녀들은 회사 사람들을 좋아하는 사람과 싫어하는 사람으로 명확히 분류한다.

반면, 남자들은 감정보다 그 사람이 나에게 득이 되는가, 손해가 되는가로 회사 사람들을 판단한다.

위의 경우도 영업 팀장이 보기에 평소 여자 마케팅 팀장은 눈엣가시 같은 존재지만 잘 부추기면 현재로서는 최고의 이용가치가 있는 여자였다. 자기를 대신해 중역에게 반발해서 잘 풀리면 좋은 거고 안 풀려도 그녀가 주로 찍힐 것이니 어떻게 계산해도 남는 장사였다. 상황에 따라서 남자들에게는 어제의 적이 오늘의 동지가 될 수도 있고, 자기보다 힘이 있거나 이익을 가져다주는 사람에게 머리 숙이는 것이 그리 고통스럽진 않다.

여자의 눈에는 용서 못할 비굴한 기회주의자라고 해도 남자들은 싫든 좋든 평생 일해야 한다는 책임감이 있기 때문일까? 그런 상사를 비난하기보다는 '본인이라고 좋겠어? 어쩔 수 없으니까 그렇지.'라고 옹호하는 심정이 되는 것이다.

그런 남자들은 자기를 해고시킨 사람과도 아무 거리낌없이 함께 술을 마시며 상황을 반전시킬 수 있는 기회를 엿보기도 한다. 여자라면? 자기를 해고시킨 사람과 술은커녕 인사도 안 하고 회사를 뛰쳐나오기 십상이다. 여기서 남자 보스라면 '아무리 그래도 인사 한마디 안 하고 그냥 나갈 수 있어?'라며 섭섭해하는 것도 여자로선 상상하기 힘든 부분이다.

상사가 음모에 의해 내쫓겼다 해도 앞에서는 같이 억울해하며 노래방에서 상사의 구슬픈 〈마이웨이〉에 기꺼이 추임새를 넣어 줄 수 있는 것 또한 남자인 것이다! 여자들처럼 드러내놓고 싫어하면서 직접 부딪히는 정직하고도 바보 같은 짓은 절대 안 한다.

남자와 여자는 이토록 다르다. 남자처럼 수단과 방법을 가리지 말고 실속을 챙기라는 말을 하려는 것이 아니다. 단지 지나치게 감정에 치우쳐 행동하지는 말라는 것이다. 여자들은 나중에 자신의 행동에 대해 후회하면서도 그 이유가 자신들이 감정적으로 대처했기 때문이라는 것을 깨닫지 못할 때가 많다. 지나치게 화낼 필요가 없는 상황에서 너무 민감하게 군 것도 사실이다.

큰 어려움 없이 인생의 모든 단계를 무사히 거쳐온 한 20대 직장여성이 어렵사리 들어온 회사를 그만두겠다고 했다. 그 이유를 물으니 "상사가 말도 안 되는 얘기만 해서 도저히 그걸 못 봐주겠더라고요."라고 대답한다. 말도 안 되고 상식에 어긋난 행동을 하는 게 원래 인간인데 상사라고 예외일까? 그런 사람에게는 정론으로 반박한다고 해도 소용이 없다. 그 상황에서는 적당히 따르는 시늉만 해주면 되지 일일이 정색을 하고 반발할 필요가 없다.

감정적인 대처는 다른 식으로 말하면 유능한 여성이 그만큼 입바른 소리를 할 능력이 되니까 무의식중에 자신 있게 패를 내던지는 것일 수도 있다. 실력이 출중한 직장여성은 남자 동료들의 시기를 받아 공격받기 십상이요, 여자라서 자연스럽게 더 주목의 대상이 되곤 한다. 그러나 자존심은 자존심이고 일은 일이다. 노골적으로 공격적인 모습을 보이면 그 자체가 마이너스 효과를 낳고 또다시 상대방이 필요할 때 꺼내쓸 수 있는 공격거리가 될 수 있다.

게다가 높은 자리로 올라갈수록 구린 구석들을 두 눈으로 목격하게 되는 경우가 자주 생길 텐데 그때마다 일일이 비판적으로 대응하기엔 본인의 기력이 남아나지 못할 것이다.

어차피 남성 중심의 조직사회에 몸담고 있는 것이 기정사실이라면 '그들의 생존방식'을 관찰하고 응용할 필요가 있다. 남자들의 시선에서 보면 직장여성들은 지나치게 성실한 감이 없지 않다.

남자들은 정글의 생존법칙에서 자신들을 보호하기 위해 오늘도 열심히 그들만의 사내정치를 한다. 물론 비밀교섭이나 편법이 아니라 오직 성실함과 능력으로 승부할 수 있는 정정당당한 조직 문화를 만드는 것은 바람직한 일이다. 그러나 여자들도 감정적으로 대응하기보다는 냉철하게, 전략적으로 처신하는 해결방법도 있다는 사실을 깨닫고 한 템포 늦춰 전술을 생각할 수 있는 여유를 갖추면 더욱 좋을 것이다. 그러려면 잘 싸우는 노하우보다는 자신의 감정을 통제할 줄 아는 노하우가 필요할 듯싶다.

여자들이 임원으로 승진하지 못하는 이유를 대라면 불가피한 수십 가지 이유들이 쏟아져나올 것이다. 스스로가 통제해서 없앨 수 있는 장애물들은 스스로 없애도록 하자.

연애처럼 때로는 적당히 둔감해지는 것이 회사와의 관계를 오래 유지시키는 가장 효과적인 방법이다. 여자들은 연애에도 직장 일에도 너무 예민하게 올인하는 탓에 스스로 에너지를 소진시키는 우를 범한다. 민감하고 쉽게 상처받는 것보다 둔감하고 조금은 뻔뻔스러운 것이, 소심하게 신경 쓰기보다 대범하게 사는 것이 직장에서 오래 살아남기 위한 비책일 수 있다.

회사가 원하는 건
착한 직원이 아니다

2년차 사원인 K는 주어진 일들을 불평 하나 없이 시킨 대로 곧잘 하는 편이었다. 입사동기인 남자 사원들의 더딘 행동이나 잔머리 근성과 비교해보면 상사들의 입장에서는 역시 '여자들이 업무 적응력이 훨씬 탁월하다.'는 생각이 들 수밖에 없었다.

그러다 보니 일은 점점 K에게 몰리게 되었고 그녀 역시 싫은 내색 없이 주변 사람들이 원하는 대로 일을 해나갔다. 그녀는 그렇게 하는 것이 자기가 해야 할 책임이라고 생각했다.

그런데 언젠가부터 K가 자기 일에 상당히 불만족스러운 감정을 가지고 있고 회사생활이 행복하지 않아 다른 회사를 알아보고 있다는 풍문이 들려왔다. 놀란 상사는 K에게 물었다. 하지만 그녀는 전혀 그런 생각이 없다며 부인했다. 상사 입장에서 속을 알수 없는 부하직원과 일하는 것은 난감하다.

착한 여자 콤플렉스의 뿌리는 깊다. 타인에게 싫은 소리를 하지도 못하고 동시에 욕을 먹기도 싫으니 누가 일을 부탁하면 거절하지 못한다. 책임감도 강하고 성실한 장점이 있지만 거기에는 의무감과 죄의식 때문이라는 어두운 이유들이 도사리고 있다. 그래서 순수하게 자기를 희생하면서 일하는 것도 아니요, 일을 즐기면서 하는 것도 아니다. 자연스러운 의지보다는 무리한 자기통제가 작용하니 뒤끝이 있을 수밖에 없다.

그러다 보니 '착한 그녀들'은 늘 일 속에 파묻혀 남들보다 바쁜것처럼 보인다. 하지만 예리한 상사라면 이 현상이 반복적으로 장기화되면 결단력이나 일의 우선순위 설정 능력, 자기관리 능력이 떨어질 수 있다는 것을 미리 간파하고 있다. 거의 억지로 해야만 하는 많은 일들을 혼자 속으로 끙끙대며 싸안고 있다 보면, 일의 양이 많을수록 일의 질이 떨어지는 것은 불 보듯 뻔하다.

이렇게 '쳐내기' 식으로 일을 하다 보면 자신이 원하는 것보다 남들이 내게 원하는 것을 우선시하는 습관에 젖어들고 갈수록 남들이 원하는 것과 내가 원하는 것을 분간할 수 없게 될 것이다. 남들에게는 편리하고 본인에게는 불행한 습성이다. 이런 억지 통제력이 오히려 자신의 열정과 창의성을 희생시킬 수도 있다는 것을 알까? 사실 남들에게 편리하다고 해도 그런 수동적인 자세로 기계처럼 일하다가는 만년 보조 역할만 하다 끝나고 말 것이다. 더 나아가 주변 사람들에게는 자신의 가능성을 시험해보지도 못하는 소모성 직원으로 보이게 될 것이다.

생명력이 떨어지는, 말만 잘 듣고 자신의 목소리가 없는 직원은 상사들을 자극하지 못한다. 능력을 키워주고 싶다는 마음이 생길 리가 없다. 착한 사원은 자기대로 '내가 이렇게까지 했는데 왜 보답을 안 해주는 거야.'라며 불만이 더 쌓여서 어느 날 폭발해버리고 말 것이다.

회사일이 마음 가는 대로 유유자적할 수 있는 것은 아니지만 그렇다고 시키는 일만 해야 하는 것도 아니다. 일반 사원 시절에 일의 기쁨을 느끼지 못하는 것에 막연히 익숙해져 겉으로는 미소 지은 채 그 불만을 속으로 담아두고 있다면 자신의 업무방식을 신중히 개선할 필요가 있다.

착한 여자로서 하루하루를 버겁게 살아가고 있다면 몇 가지 변화를 시도해보자. 방법은 조금 귀찮더라도 그날 하루 자신이 한 모든 일의 목록을 작성해본 후, 그 가운데 중요하고 의미 있는 일, 무의미한 일, 하기 싫었지만 누가 부탁해서 한 일, 결과적으로 나에게 스트레스를 줬던 일 등으로 분류해서 각자를 인식하는 훈련을 해보자. 최소 일주일 동안 기록하다 보면 명백히 나타나는 패턴이 있을 것이다. 또 많은 경우 '내가 이토록 억지로 하는 일이 많았구나.' '이건 사실 꼭 내가 해줄 필요도 없는 일이었잖아.' 라며 당시에는 인식하지 못했던 사항들을 뒤늦게 알게 된다.

처음부터 일을 부탁하려는 사람들에게 'No'를 선언하기는 현실적으로 힘들 것이다. 물건의 반품 요구를 쉽게 못하는 심리와 같은 맥락이다. 갈등을 마주할 바에야 나 혼자 약간 불편하면 된다고 스스로를 포기하는 것이다. 하지만 '이건 아니다.'라고 분명히 인식할 수 있더라도 그것 자체가 큰 변화다. 그렇게 되면 행동으로 연결되기 쉽다.

'No'를 말하기 전 단계로 '그렇다면 이 일은 간단히 처리해도 되겠네.'라든가 '이건 ○○ 씨와 같이 일을 나누자고 충분히 요구할 수 있는 건이네.'라며 차선의 합리적인 해결책을 스스로 강구할 수 있게 되어 스트레스를 덜 수 있다. 방법을 다양화시켜 정말 중요한 일과 내가 보람을 느끼는 일에 더 집중할 수 있는 업무방식을 구축해나가다 보면 내가 떠맡을 필요가 없는 부당한 업무에 대해 거절하고 이성적으로 설득할 수 있는 자연스러운 자신감이 생길 것이다. 무엇보다도 그동안 착했던 것이 과연 누구를 위했던 것인지 본인 스스로가 깨닫게 될 것이다.

사원 시절에 이런 방어적 습성을 고쳐야 하는 다른 중요한 이유는 그대로 승진했다가는 더 고질적인 문제를 안은 '착한 상사'로 업그레이드(?)되기 때문이다. 관리직이 되는 순간 목에 힘이 잔뜩 들어가 고압적이 되는 타입이 있는가 하면, 성인군자처럼 행동하지 않으면 안 된다고 고민하는 타입이 있는데 착한 여자 상사들은 후자에 해당한다. 거절을 못하는 대신 아랫사람들로부터 사랑받고 싶은 나머지 업무상 필요해서 야단치는 것을 두려워한다. 그러고는 자기 마음을 몰라주는 직원들을 보면서 속을 부글부글 끓인다. 그래도 얼굴 붉히는 것만은 싫다. 왜냐하면 자신은 민주적인 상사라고 생각하기 때문이다.

최근에 자신의 밑에 있던 두 명의 직원이 연달아 회사를 그만두게 되어 쇼크에 빠진 P 과장도 지나치게 착했던 경우다.

"아니, 자기네들이 일을 좀 서툴게 해도 큰소리 한 번 친 적 있나? 싫은 내색은커녕 팀장님 앞에서 자기들 실수 다 커버해주고 심지어 쫀쫀한 팀장님을 대신해서 퇴근 후에도 내 돈 써서 맛있는 거 사주면서 격려도 해주고 그랬는데……."

그녀는 배신감이 들기도 하면서 한편으로 스스로에게 '내 인간성에 문제가 있었나?' 하는 엉뚱한 고민에 빠졌다.

회사에서 인정받는 것은 인간성을 평가받는 것과 다르다. 상사의 중요한 역할은 팀의 성과를 올리는 것과 결과에 대한 총체적인 책임을 지는 것뿐이다.

부하직원에게는 인간성 좋은 상사보다 유능한 상사가 필요하다. 상사가 조직 내에서 파워를 가지고 있어서 타 부서에 지지 않는 것이 싫은 소리 안 하는 상사보다 훨씬 도움이 된다. 야단을 친다고 해도 상사가 진심으로 나를 위해서 야단치는 것을 안다면 원망도 하지 않는다. "괜찮아. 뭐 누군 완벽해?"라고 실수를 위로하는 상사보다는 뭘 잘못했는지 정확하고 냉철하게 짚어내고 야단친 다음 "그래도 너한테 기대를 많이 하고 있는 거 알지?"라고 용기를 북돋워주는 상사가 부하직원의 가능성을 더 키워줄 수 있다.

부하직원이 당연히 해야 하는 일임에도 불구하고 일일이 지시하기가 계면쩍어서 본인이 그냥 알아서 해치우는 것도 이런 착한 여자 상사들의 공통된 습성이다. 또한 착한 여자 상사들은 과거 사원 시절에 혼자 일을 다 끌어안고 끙끙대던 습성이 남아 있어서 부하직원들에게 일을 과감히 맡기는 것이 무척 서툴다.

상사가 된 다음에도 중요한 일이든, 잡무이든 혼자 일을 붙들고 있다면 그것은 큰 문제다. 자신이 맡은 일을 더욱 잘해내기 위해서는 필요에 따라 부하직원들이 가진 저마다의 능력을 주저없이 적시에 빌리고, 그들이 제공할 수 있는 최선의 협조를 뽑아내기 위해 그들에게 과감히 일을 맡겨야 한다. 이것은 직급이 올라감에 따라 반드시 지녀야 할 능력이다.

아랫사람을 제대로 쓰지 못하는 사람은 절대 다른 사람 위에 올라갈 수 없다. 아랫사람들을 먼저 퇴근시킨 후, 혼자 남아 야근하는 중간관리자를 보는 중역의 마음은 편치 않을 것이다.

다시 시작하기에
너무 늦었을까?

일생을 통해 하고 싶은 일이 뭔지 모르거나 아니면 아예 찾으려고 하지 않은 사람들이 많다. 그런 현실에서 후배들의 이런 하소연은 은근히 반갑기조차 하다.

"사실은…… 정말 해보고 싶은 게 있거든요."

그런데 그다음 이어지는 말은 왠지 맥이 없다.

"사실은 하고 싶은 일이라면 몇 가지 있지만 지금 나이에 생각해서는 안 될 것 같고, 주변 사람들이 다 탐탁해하지 않을 것 같아요. 다들 나를 바보로 생각하면 어떡하죠?"

일단 자신이 해보고 싶다는 그 직업에 대해 타인의 평가를 신경 쓰는 자세부터 극복해야 한다. 요리사가 되고 싶지만 먹물 근성이 결정을 어렵게 한다거나, 완전히 새롭게 어떤 일을 시작하기에는 그동안 이 회사에서 쌓아놓은 경력과 인맥이 아깝다거나…….

세상에는 상상하지 못할 만큼 다양한 직업이 존재한다. 나 자신도 몇 가지의 직업을 경험해보고 또 여러 직업을 가진 사람들을 다채롭게 만나보면서 직업에 대해 확고한 신념이 생겼다. 직업에는 귀천이 있는 게 아니라 잘하거나 못하는 사람이 있을 뿐이라는 것이다.

다시 말해 세상의 그 어떤 직업이라도 그 안에는 소수의 탁월한 사람과 대다수의 고만고만하게 일하는 사람, 그리고 소수의 한심한 인간들이 있다는 것이다. 총무부 직원이든, 외과 의사든, 경비 아저씨든, 그 어떤 직업에서든지 말이다.

중요한 것은 뭐가 되느냐가 아니라 그 일 속에서 어떤 입장을 취할 것이냐이다. 따라서 우리는 소수의 탁월한 사람이 되려고 노력해야 한다. 말하자면 그 직업이 무엇이냐what보다 내가 어떻게how 그 직업을 구현하고 있는지 더 의미를 두어야 한다는 것이다.

나는 한국 여자들이 '……해서는 안 된다.'라는 말과 싸워나갈 때 비로소 자신이 정말 좋아하는 일을 하기 위한 첫발을 내디뎠다고 생각한다. 물론 이 세상에는 해서는 안 되는 몇 가지 사회악적인 직업들이 있지만 그 외에는 해서는 안 되는 일 따위는 없다고 생각한다.

그렇다고 자신이 원했던 일에 과감히 도전한다고 해서 성공이 약속된 것은 아니다. 좋아하는 일이기에 더 긍정적인 마음가짐으로 할 수 있으니 성공할 개연성이 마음 내키지 않는 일을 할 때보다 많은 건 사실이다. 하지만 아무리 내가 좋아하는 일이라 해도 내게 맞지 않다고 느낄 수 있다. 그래도 '나중에 후회하게 되면 그땐 어떡해.' 하고 내빼는 것은 일찌감치 포기하는 것밖엔 안 된다.

반면 해보고 나서 실패했다 해도 최소한 그 실패는 내가 정말로 원하는 것을 다시 한 번 생각하게 만들어주거나 성공을 위해 내게 부족한 것을 가르쳐준 기회로 삼으면 된다.

얼마 전 나는 약간의 즐거운 경험을 했다. 20대 후반 무렵, 한 인터넷회사에서 마케팅 디렉터를 하던 시절에 함께 일했던 직원과 오랜만에 만났는데 내가 어떤 시사주간지에 썼던 연재칼럼을 보고 갑자기 내 생각이 나더라며 웃었다. 그녀가 말하기를 "그때도 걸핏하면 글쓰고 싶다고 진지한 눈빛으로 툭툭 내뱉으셨어요. 우린 그때 '팀장님이 왜 말도 안 되는 농담을 하시나.' 하고 속으로 웃기만 했었어요. 설마 시간이 지나 이렇게 정말 글을 쓰시리라곤 상상도 못했어요."

'아, 내가 그때 그런 얘기를 창피한 줄도 모르고 하고 다녔구나. 지금 내가 하고 있는 일이 그때 그렇게 간절히도 하고 싶어

했던 일이었구나.'라는 생각이 드니 새삼스레 가슴이 벅차올랐다.

사실 처음 '팔리는' 글을 쓰게 된 것은 혼잣말처럼 "글쓰고 싶다."고 툴툴대던 때보다도 한참 뒤의 일이었다. 서른 살이 넘어서야 난생 처음 내가 쓴 글을 매체에 팔 수 있었다. 그 이전까지는 말로만 가끔 표현하며 마음 한구석에 묵직하게 생기는 열망을 다스리면서 엉성하기 짝이 없는 실력으로 발을 동동 구를 뿐이었다. 그래도 뭔가는 해본 다음에 포기해야겠다 싶어 온 정성을 들여 몇 개의 샘플 칼럼원고를 쓴 후, 창피한 마음에 그 누구에게도 '검수'받지 않고 한 잡지의 편집장에게 무작정 이메일로 보냈다.

그는 읽어본 듯했지만 며칠이 지나도 답장 한 줄 없었다. 솔직히 자존심이 상했다. 아니면 아니라고 얘기해달라고 맨 마지막에 추신까지 넣지 않았던가! 무관심만큼 강한 부정이 또 어디 있나. 용기를 내어 그 편집장에게 전화를 했다. 난 누구인데 이러저러한 메일을 보냈고 답신이 없어서 확인차 전화했다. 검토해보고 피드백을 주든지 안 될 것 같으면 그렇다고 부디 얘기해달라고 말하고 전화를 끊었다. 하지만 그후로도 역시나 연락이 없었다.

당연하다고는 생각했지만 역시 속상했다. 하지만 돌이켜보면 그때 무시당하지 않았더라면 지금 글쓰는 일을 안 했을지도 모른다. 거절당한 후, 더 이상 혼자 고민해도 답이 안 나와 전문적으로 글을 쓰는 한 선배에게 창피함을 무릅쓰고 원고를 보였다.

나는 내심 "야, 이 정도면 나쁘지 않아! 가만히 있자, 내가 좀 알아봐줄게!"라며 상처받은 내 자존심도 위로받고 동시에 다리를 놔주기를 기대했던 것 같다. 하지만 웬걸 그 선배는 몇 가지 구체적인 조언을 한 후, 원고 열 개만 다시 써오라며 숙제까지 선물했다! 모든 것이 귀찮게 느껴졌지만 마음을 가다듬고 이를 악물고 추가 원고를 썼다.

그런데 신기한 일이 일어났다. 글을 쓰는 동안 내 안에서 '아, 내가 정말 글을 쓰고 싶어 하는구나.'라는 절실한 깨달음이 있었던 것이다. 첫 시도에서 거부당했을 때 글쓰기를 접지 않았던 것이 천만 다행이라고 생각했다.

우리는 처음 시도했다가 실패했을 때 '한 번 더 시도해볼까?' 혹은 '이제 이쯤에서 그만둘까?'라는 선택의 기로에 놓이곤 한다. 운 좋게도 나는 그 일을 내가 매우 좋아하고 있다는 사실을 깨닫게 되었고 그래서 계속 노력해보는 방향을 선택할 수 있었다.

"무엇을 시작하기에는 너무 늦었어!"라는 고정된 연령주의로부터 나를 해방시키자 적어도 인생이 보다 '나'다워진 것만은 분명했다. 몇 살을 먹어도 '하고 싶은 일'은 여전히 '해볼 만한 가치가 있는 일'이다.

2장

일 잘하는 여자의
애티튜드

연차가 낮을수록
사장 마인드가 필요하다

조직으로 움직여야 하는 회사에서 상사가 부하직원을 평가하는 가장 큰 기준은 '마인드'의 유무다. 마인드는 그 사원이 상식적인 생각을 스스로 할 수 있는 사람인가의 문제이며 일에 대처할 때 자신의 확고한 의견을 가졌느냐, 더 나아가서는 자신의 의지에 따른 행동을 일으킬 만한 내공을 가졌느냐를 판가름하는 기준이 된다.

마인드의 법칙에서 가장 유의해야 할 점은 '피고용자 마인드'다. 피고용자 마인드란 '어차피 내가 노력해봤자 남 잘되게 하는 것'이라면서 자신의 노동력을 착취당하지 않도록 몸을 사리는 습성이다. 하지만 그렇게 몸을 아껴봤자 잠시 몸만 편할 뿐 긴 안목에서 보면 자기능력을 계발할 기회를 스스로 놓치는 셈이다. 맡은 일에 몸을 푹 담그지 않으려고 발버둥치는 이들은 신들린 듯 일하면서 느끼는 성취감을 경험해보지 못한 사람들이다. 그 기쁨을 알기도 전에 무리해서 일해본들 손해만 봤다는 경험이 머리에 박혀 있으니 업무의 핵을 이해하기보다 '오늘 일은 내일 어떻게든 되겠지'라며 심리적으로 업무를 내던지고 싶어 한다. 게다가 다행인지 불행인지 보다 못한 성질 급한 동료나 상사가 끼어들어 더디게 진행돼온 일이 그들의 도움으로 마무리되는 경우가 잦아지면서 그러한 비상 자동운행 메커니즘에 자꾸 의존하는 약골 체질이 돼간다.

이런 태도가 특히 문제인 것은 그들의 나태하고 나른한 공기는 전염성이 있기 때문이다. 그런 태도는 주위의 취약한 사원들에게 쉽게 전염되고 한번 이런 탈력 상태가 시작되면 좀처럼 그것으로부터 벗어나기가 힘들며 점차 몸과 머리가 무뎌져서 이젠 상사가 시키는 일만 한다고 해도 그것만으로도 벅찰 지경이 된다.

하지만 상사가 질책하면 그를 미워하고 상사가 조금만 약한 모습을 보여도 그를 공격하는 저항논리는 스스로의 거동에 울타리를 치는 행위다. 물론 좀 더 뛴다고 해서 당장 월급이 더 나오는 것은 아니지만 장차 큰 차이를 낳을 것이고, 적어도 실력 하나만은 내가 뛴 만큼 공정하게 회수될 것이다.

긴장과 피해의식으로 어깨를 움츠린 피고용자 마인드보다 상사의 입장에서 일을 바라볼 수 있는 '사장 마인드'를 가져보면 어떨까? 사장 마인드로 회사의 목표와 교감하려고 노력하다 보면 훨씬 능동적으로 일할 수 있다. 회사가 나를 위해 변화해주기를 기다리는 것이 아니라 내가 스스로 변화를 일으키는 중심이 되는 것이다.

과감히 일 속으로 내 몸과 마음을 다 던져 일과 하나가 되고, 그 일이 진정 내 것이 되는 희열감을 느낀다면 그것이야말로 사장의 마음으로 일을 바라보는 것이다. 그 경지를 한 번 맛보게 되면 일은 괴롭고 빨리 해치워야 하는 과중한 업무가 아니라 해도 늘 재미있고 도전적인 것으로 변하게 된다.

상사의 입장에서 이런 능동적인 자세를 보이는 부하직원만큼 믿음직한 사람은 없다. 자신이 아는 것을 하나라도 더 가르쳐주고 싶고 그를 성심성의껏 뒤에서 지원하고 싶은 마음이 자연스레 들게 되는 것이다. 만약 사원의 적극적인 업무태도를 부담스럽게 생각하는 회사라면 상당히 문제 있는 회사라고 할 수 있다.

사장의 마인드를 가지고 현상을 바라볼 줄 아는 눈이 생기면 직장초년 시절에 쉽게 빠지기 쉬운 이기주의와 변명의 유혹으로부터 자유로울 수 있다. 가끔 이기주의와 개인주의를 헷갈리는데 건강한 개인주의자는 결코 집단에게 이유 없이 등돌리는 경우가 없다. 오히려 개인의 생각과 행동이 그가 속한 집단의 건설적인 행보를 결정짓는다고 생각한다. 정정당당한 개인주의를 구가하는 사람은 도리어 조직 내의 법칙을 철저하게 존중함으로써 개인의 자유를 확보하는 반면, 어설픈 이기주의를 실천하는 사람들은 상사의 경험을 권위주의로 손쉽게 간주하며 귀를 닫아버린다. 언제 어디서든 '나는 나야.' 식으로 회사생활을 하는 사람들의 개인주의는 오로지 자기 하나 편하자고 스스로 만든 이기주의에 불과하다.

사장 마인드를 가지기 위해선 긍정적인 마음가짐과 호기심, 그리고 소통능력이 필요하다. 일하다 보면 상사와 부하직원 간에 상충하는 지점이 생기기 마련이다. 부하직원 입장에서는 '너무 모질다.'고 생각해도 상사의 입장에서는 그런 방식으로 일을 추진하는 것이 가장 효율적이고 장기적으로 맞는 선택이라고 생각한다. 그런 상사는 부하직원들의 불만에 찬 표정을 보는 한이 있더라도 그 일을 관철시킨다.

충돌하는 상황에 맞닥뜨렸을 때 상사에게 무조건 반발하거나 반대로 상사가 시키니까 무조건 한다는 식의 태도를 가질 게 아니라 석연치 않은 점이 있으면 상사와 지금보다 더 많은 소통을 시도함으로써 상사의 입장을 이해하려고 하는 자발적인 노력이 필요하다. 업무에 대한 호기심이 많을수록 자신의 업무를 둘러싼 큰 일의 흐름을 전체적으로 파악할 수 있는 기회를 가질 수 있을 것이다. 당장은 하찮아 보이더라도 자신이 낸 실적 하나가 회사의 목표와 어떻게 유기적으로 연결되고 있는지를 안다면 더욱 일할 맛이 날 것이고 부과된 업무 외에도 추가로 창의적인 아이디어를 짜내서 효과를 배가시키는 결과를 낳을 수도 있다.

사장 마인드를 체질화시키면 장차 상사가 되거나 한 기업체의 대표가 되었을 때 훨씬 더 유연하게 적응할 수 있을 뿐 아니라 상사 입장에서 그 부하직원의 승진을 결정할 때도 능동적이고 '큰 그림'을 볼 줄 아는 능력을 높이 사서 안심하고 더 높은 직위를 맡기게 될 것이다.

일 잘하는 여자의
스타일은 따로 있다

상대적으로 보수적인 직장에 다니는 한 여성이 하루는 속상한 듯 하소연을 해왔다. 얘기인즉슨, 퇴근을 하는데 직장 선배가 그녀의 화려한 옷차림에 대해 쓴소리를 했다는 것. 구체적으로 무슨 트집을 잡았냐고 물으니, 손톱 매니큐어는 무색으로 바를 것, 요란한 무늬의 치마는 입지 말 것, 꽃 모양이 있거나 반짝거리는 스타킹은 신지 말 것……. 한마디로 웬만하면 칙칙하게 입고 다니라고 했단다.

아무리 '후배를 배려하는 마음에서 우러난 조언이겠거니.'라고 좋게 생각하려 해도 은근히 부아가 난다고 했다.

그녀는 다음 날부터 즐거운 마음으로 출근 준비를 할 수가 없었다. 입고 갈 옷을 고르기가 난감했던 것이다. 선배 말대로 매우 무난하게 하고 다니는 것이 옳은 건지 아니면 신경 쓰지 않고 평소 입던 대로 하고 다니는 것이 옳은 건지 알 수 없어 스트레스 받을 지경에까지 이르렀다. 직장 세계의 보편적 요구와 개인적인 취향이 대립될 때 어떤 입장을 택하는 것이 옳을까? '보편적' 요구도 사실 따지고 보면 그 선배의 '개인적 취향'이 아닐까?

이 여성이 안고 있는 고민의 근원은 그녀가 자신의 출근복을 '패션'으로 간주한다는 데에 있다. 패션은 자기표현이며, 성인인 이상 남들이 이래라 저래라 하기 힘든 사적인 영역이다. 하지만 몸담고 있는 회사가 패션의 독창성과 자유를 독려하는 패션 관련 회사가 아닌 바에야 그것은 패션이 아니라 '차림새'의 문제가 된다.

다시 말해, 내가 만족하는 차림새가 아니라 가급적 업무 파트너 다수의 기분을 고려하는 스타일이 더 우선시된다는 이야기다.

나도 만족스럽고 다른 사람들이 보기에도 좋다면 더할 나위 없겠지만 내가 좋아하는 스타일이 다른 사람들의 눈살을 찌푸리게 한다면 그들의 관점을 존중할 필요가 있다. 그로 인한 피드백은 고스란히 나에 대한 평가로 돌아오기 때문이다.

회사 밖에서는 머리를 염색하건 배꼽을 뚫건 본인의 몸을 치장하는 것은 엄연히 개인의 자유이자 권리다. 하지만 회사 내에서는 사정이 다르다. 한 사람의 이미지가 그 집단의 이미지로 연결되기 때문에 그 집단의 다른 사람들은 그로부터 모종의 영향을 받거나 영향을 받는 것처럼 느낀다.

직장 선배는 다른 사람들이 자신의 후배에게 집단적 불쾌감을 느끼기 전에 후배를 보호해주기 위해 미리 귀띔해준 것일 수도 있다. 그 선배로서도 나름대로 용기가 필요했다는 점은 존중해줘야 마땅하다.

조직생활에서 각 개인마다 서로 다른 생각이나 취향을 가지는 것은 당연하다. 따라서 내 것을 있는 그대로 관철시키기보다는 타인의 불쾌함을 최소화할 수 있는 타협점을 찾는 현명함과 배려심이 요구된다.

업계의 관행에 따라주는 것도 센스다. 화장품 회사에 근무한다면 화장을 정성스럽게 하고 손톱도 화사하게 칠하고 다니는 것이 업무의 일환이며, 패션업계에 종사하면서 촌스러운 차림이라면 그것은 상사를 욕되게 하는 것이다. 또한 서비스 업종이라면 깔끔하고 신뢰감을 줄 수 있는 옷차림과 헤어스타일, 화장술도 필요할 것이다.

기본적으로 스타일의 80퍼센트는 그 직장과 업종의 요구에 맞춰주는 것이 좋다. 80퍼센트는 조직 내 조화를 고려하고 20퍼센트는 그 조화를 해치지 않는 범위 안에서 창의적인 개성을 발휘하는 것이 바람직할 것이다.

진정으로 세련된 것은 튀지 않으면서도 사소한 포인트 하나가 자신의 개성을 돋보여줄 때다. 안경, 스카프, 가방, 구두 등으로 자신의 '시그니처 룩'을 개발해도 좋다. 정형화된 차림새에서 벗어나 약간 언밸런스한 분위기를 연출하면 왠지 좋은 의미에서 틈이 있어 보이는 느낌을 줄 수도 있다. 그런 여유는 역시 일에 대한 자신감에서 나오는 것으로 받아들여질 것이다.

남녀 막론하고 옷차림새와 외모는 일을 대하는 그 사람의 태도를 드러낸다. 즉, '일을 잘할 것처럼 보이는 외모'도 필요한 것이다. 단순히 보수적이고 갑갑한 '모범생' 이미지로 옷을 입으라는 말이 아니다. 일단 옷이 사람을 압도하는 것이 아니라 옷이 그 사람의 캐릭터를 돋보이게끔 만들어야 한다.

그러기 위해서는 기본적으로 장식을 배제한 '심플'한 차림새를 추천한다. 하늘거리는 블라우스보다는 깃이 빳빳한 셔츠가 주는 느낌이 좋다. 모양은 중성적인 테일러드 셔츠지만 색상은 지루하지 않게 화사한 색상을 고른다면 여성스러우면서도 유능한 느낌을 줄 수 있다. 셔츠 소매를 걷어붙이고 일하는 모습은 남녀 막론하고 보기에 싱그럽다.

또한 자칫 행동이 불편할 수 있는 치마보다는 매끈하게 빠진 정장바지가 더 유능해 보이며 그래도 화려한 멋을 포기하기 싫다면 구두에 투자하라.

마지막으로 일을 대하는 태도가 진지한 여자들은 지갑 하나 겨우 들어갈까 말까 하는 조그만 핸드백을 들고 출퇴근하지 않는다.

서류뭉치 정도는 들어가는 크기의 백이 보기 좋다.

TPO(시간·장소·상황)에 따라 차별적인 옷차림을 할 수 있는 것도 그녀가 센스 만점이라는 증거다. 회의나 문서 작성 등의 일상적인 내근을 할 때는 셔츠와 팬츠류로 일에 대한 자연스러운 자신감과 활동성을 나타내주고, 외부 사람을 만날 때는 재킷이나 액세서리 등 상대에 대한 존중과 적당한 자기어필이 표현된 옷차림으로 변화를 즐기도록 한다.

반대로 일을 못할 것처럼 보이는 차림새라는 것이 있을까? 아마도 그것은 야한 차림새와 진한 화장일 것이다. 섹시스타일을 좋아하는 여성의 경우 남자들이 본능상 그녀를 사적인 의미에서 여자로 평가하는 경향이 강해진다. 동시에 일하는 여성의 입장에서는 그로 인해 마이너스 평점을 받는다는 사실을 감수할 자신이 있어야 할 것이다. 또 그만큼 일을 통해서 자신을 증명해 보여야 하는 불필요한 수고를 감내해야 할 수도 있다.

당신이 상사라면 머리끝부터 발끝까지 '상사처럼' 하고 다니자. 상사는 상사답게 보이는 것도 아주 중요하다. 개인의 개성도 중요하지만 근본적으로는 지적이고 단정하고 품위 있어 보이는 차림새를 하고 다닐 것을 추천한다. 그와 더불어 바른 자세, 우아한 몸놀림, 그리고 차분하고 낮은 톤의 목소리가 갖춰졌다면 금상첨화일 것이다. 물론 부하직원에게는 상사의 외모보다 그가 가진 능력과 콘텐츠가 더 중요하겠지만 재능을 선보이기도 전에 외적인 면에서 불리한 평가를 받는다면 너무 억울하지 않을까? 상사는 자신의 외양을 연출할 필요가 있다.

내 경우,
일의 우선순위를 이렇게 정했다

업무에 대처하는 자세에 대해 자주 듣는 말 중 하나는 바로 'First things First', 즉 일의 우선순위를 정해서 가장 먼저 해야 할 일부터 처리하라는 말일 것이다. 하지만 그것을 실천하기란 말처럼 쉽지 않다.

가령 다양한 포털 계정에 만들어놓은 개인 메일함을 한 바퀴 돌거나 심할 경우엔 즐겨찾기 30개 사이트를 한 번씩 둘러보며 새로 올라온 게시물을 확인하고 나서야 일을 시작하는 이들도 있다.

회사에서 발생하는 업무들을 분류하자면 내가 전담하는 일이 있고, 다른 사람들과 공유하는 일이 있고, 다른 사람(상사 혹은 파트너)으로부터 갑자기 떠맡겨진 일이 있다. 이처럼 다양한 상황에서 다채로운 유형의 일들을 일상적으로 처리해야 하므로 해야 할 일의 체크리스트를 작성해서 우선순위를 설정하는 것 자체가 창의성을 요구하는 업무 기술이다.

자신에게 적합한 일의 우선순위 선정방식을 직장생활 3년 안에 깨닫지 못한다면 First things First의 법칙에서 말하는 '최우선'에 대한 감각과 리듬이 잘 와닿지 않을 것이다. 대신 이성적으로 판단하기보다는 습관에 따라 혹은 감정적으로 내키는 일을 먼저하는 바람에 정말 중요한 일이 뒤로 밀리게 되어 낭패를 볼 수도 있다.

팀의 과제 중 가장 선결조건이라서 최우선인지, 아니면 내가 잘 못하는 일이라 시간을 많이 필요로 할 것 같아서 최우선인지, 아니면 남과 얽혀 있는 일이라 빨리 해치우고 싶어서 최우선인지, 업무 리스트 중 가장 빨리 쉽게 처리할 수 있어서 최우선인지를 판단해야 한다. 이처럼 일의 우선순위는 당사자의 성격과 업무능력에 따라 저마다 다르다. 돌이켜보면 내 경우는 이랬다.

오전에는

1. 쉽게 재빨리 해치워버릴 수 있는 일을 먼저 처리한다. 번잡하고 긴 리스트는 보기도 싫다!

2. 업무협조 요청 건 등 남의 도움을 받아야 할 내용을 메일로 송부한다. 결과물이든, 언제까지 된다고 하는 통보든 그날 오후까지 꼭 응답을 받을 수 있도록 요청한다. 그래야 다음 날 스케줄 작성이 가능하다.

3. 다른 사람과 관련되어 있는 일을 처리한다. 누가 독촉하거나 나의 더딘 진행으로 인해 남에게 피해를 주는 건 아주 질색이다.

점심식사 후 오후가 되면

4. 미팅 등의 일을 식사 후 가장 나른한 시간에 처리한다. 혼자 집중해야 하는 일은 이 시간대에 하면 효율이 떨어진다.

5. 그런 다음, 긴급을 요했던 업무를 하나하나 처리해가면서

6. 중간 중간 다른 동료나 상사들의 민원을 처리하고(수시로 긴급 미팅에 불려 들어가거나 상사의 긴급 호출이 있으므로)

7. 오후 5시 이후부터는 집중력과 시간투자를 요했던 장기 프로젝트, 가령 기획서 작성 등을 조금씩 완성시켜나갔다.

위의 우선순위 목록이 물론 정답은 아니다. 제 성질 못 이겨서 덜 중요하고 덜 긴급할 듯한 일이 우선순위로 올라 있는 경우도 있고, 남 좋은 일 시켜주는 비굴한 분위기도 살짝 엿보인다.

하루에도 수십 건의 일거리로 저글링하던 지난날을 회상하며 지금 반성하는 마음으로 조금 더 명쾌하고 단순하게 다시 제대로

된 나만의 First things First의 개념을 재정립하기로 한다.

일을 중요도와 긴급도라는 두 가지 축으로 놓고 생각해보니 다음의 공식이 나왔다.

1. 중요도와 긴급도가 둘 다 높은 일
2. 중요도 혹은 긴급도가 높은 일
3. 중요도와 긴급도가 둘 다 낮은 일

여기서 가장 함정에 빠지기 쉬운 우선순위가 2번이다. 그중 우리가 의외로 경시하고 뒤로 미루다가 곤란에 빠지는 것이 중요도가 높지만 긴급도가 낮은 일이다. 아무래도 시간에 쫓기는 일을 우선시하는 경향이 있어 장기적인 안목에서 더 큰 의미를 가지는 일을 뒤로 한없이 미루는 습성이 있다. 이런 습성이 장기화되면 급하지 않으면 일을 하지 않는다. 다시 말해 코앞에 닥쳐야 일을 하는 습성이 몸에 배게 된다. 그들을 나는 값싼 스릴을 즐기는 'Cheap Thrill 파'라고 부른다. 일을 안 하고 있다가 막판에 해치우는 그들은 마감의 위기를 즐긴다. 아슬아슬하게 일을 처리해내고는 마치 자신이 일을 잘하는 것으로 착각하고 그런 위기를 직접 조장하며 지루한 일을 드라마틱하게 만든다. 표현도 늘 극단적이다. "아, 미칠 정도로 일이 많아!" "겨우 겨우 막아냈어!"

이런 일의 처리방식에 익숙해진다면 중요도가 높은 일마저

'제 코가 석 자'일 때 허겁지겁 해치우게 된다. 그러다 결국 가장 성과를 어필해야 하는 부분에서 질이 떨어지는 낭패를 보게 되는 것이다.

물론 일의 중요도를 알기에 '빨리 하긴 해야 하는데…….'라며 늘 마음 한 구석이 무겁지만, 왜 그렇게 일단 내 눈 앞에 산재해 있는 비중이 크지 않은 일들을 먼저 하고 싶은 유혹이 드는지! 또 그것들을 해치우고 나면 마치 뭔가 일을 열심히 한 듯한 기분이 들어 안심하고, 안심한 만큼 정작 중요한 일에 쏟아부어야 할 집중력과 체력을 쉬이 소모한다.

1번과 3번은 상식적이고 모두에게 통용되는 법칙이지만 일의 우선순위를 잘 선정하는 사람이라면 2번의 중요도가 높은 일과 긴급도가 높은 일 사이에서 자신이 처한 기회와 위기상황을 냉철히 고려해 그 시점에서 가장 현명하고 현실적인 방법을 창의적으로 고안해야 할 것이다.

특히 긴급도의 경우 다른 사람의 업무와 얽히거나 남의 부탁으로 긴급해지는 경우가 많기 때문에 정말 긴급한 일인지, 업무를 공유해서 긴급도를 낮출 방안은 없는지 잠시 짬을 내어 이성적으로 판단해볼 필요가 있다. 일을 무작정 해치워버리기 전에 큰 틀을 머릿속에서 생각해보는 훈련을 하다 보면 세부적으로 시간관리를 할 수 있는 심리적 여유도 생길 것이다.

잡무를 잘하는 사람이
중요한 일도 잘한다

앞에서 말한 업무 우선순위 목록 중 중요도 측면에서 낮은 일, 소위 단순 업무에 대해 얘기해보자.

사사로운 것이 시사하는 것은 의외로 크다. 사원의 저력을 알아보는 하나의 방법이 있다면 그것은 그가 단순 업무를 어떻게 다루는지 관찰하는 것이다.

우수한 성적과 치열한 경쟁률을 뚫고 회사에 들어왔는데 막상 하는 일이라고는 중학생들도 할 수 있는 단순 업무라면 화가 나기 마련이다. 특히 여자들의 경우에는 '혹시 내가 여자라서?'라는 의심마저 품을 수 있다.

월요일의
그녀에게

개중에는 '상사가 나를 괴롭히려고 일부러 이런 일만 골라서 시킨다.'거나 '앞으로도 몇 년간 후배 사원이 들어올 일 없으니 나 혼자 이 잡무들을 전담해야 하는 건 아닐까?'라며 지레 겁먹는 사람들도 있다.

그러나 내가 좋아하는 일, 성취감을 느끼는 일, 폼 나는 일만 할 수는 없다. 어느 정도 참으면서 해야 하는 일은 누구에게나 부과되고 있다.

회사에 필요한 일이라면 누군가는 해야 한다. 그래도 '역시 이런 일 못 하겠어. 내가 이런 일 하려고 어려운 시험 보고 입사한 게 아닌데……'라며 한숨 쉬고 있다면 단순 업무라는 게 말처럼 단순하지만은 않다는 사실을 말해주고 싶다. 우수한 사원들은 몸소 그것을 증명해 보인다.

발송 업무를 예로 들어보자. 무의미하게 봉투에 물건 넣고 겉봉에 주소 쓰고 후다닥 우체국 가서 발송한 후, 어떻게 하면 외근한 김에 농땡이를 칠까를 생각하기보다 발송되는 자료를 읽어보고 '왜 이것을 보내는가?'를 생각한다. 또한 왜 특정 발송물에 더 신경을 쓰는지, 왜 이 사람들이 주요 발송 대상인지 호기심을 갖고 궁금한 점이 있으면 상사에게 질문을 던진다. 발송물 하나라도 회사 이미지를 나타낸다는 생각에 좀 더 세련된 라벨을 고안하는가 하면, 심지어 더 저렴하고 효율적인 발송 방법을 발굴해서 비용 절감의 효과를 준다.

보고서에 들어갈 자료수집 업무를 살펴보자. 선배나 상사가 통계자료나 삽화거리를 부탁하는 경우가 있는데, 지정해서 찾아내라는 것도 못 찾거나 늦게 찾거나, 아니면 귀찮다는 듯이 겨우 찾는 사원이 있는 반면, 이 일이야말로 자신의 센스를 발휘할 수 있는 절호의 기회라는 것을 아는 의욕 넘치는 사원도 있다.

그들은 감각적이고 이목을 끌 수 있는 족집게 비주얼을 골라내고 기획서 분위기에 적합한 글꼴도 제안해준다. 글꼴에 따라 보고서가 전달하고자 하는 느낌이 달라지는 것처럼 신입사원이 구한 하나의 삽화가 선배의 보고서에 생명력을 불어넣을 수도 있다.

또한 통계자료나 각종 기초자료, 참고자료를 구할 때에도 사원의 정보 발굴 능력이 여실히 드러나기도 한다. 통계자료나 정보수집 또한 상사가 바로 쓰기 좋게끔 깔끔하게 취합해서 주는 노련함을 겸비한다면 더욱 좋다.

상사가 자리를 비운 동안 전화를 대신 받아주는 업무도 그들이 얼마나 똑똑한지를 판가름해준다. 반듯하고 또렷한 목소리와 공손한 매너로 전화를 받고 절대 수화기를 먼저 내려놓지 않는 것은 물론, 전화 온 내용에 대해 선배에게 정확히 전달하는 것도 중요하다.

심지어 상대방의 목소리에 긴장이 감돌고 있었다면 그 분위기도 상사에게 알려줄 필요가 있다. 긴급한 일인 듯하면 상대방의 용건에 대해 가급적 넌지시 물어봐서 상사가 응답 전화를 걸 때

마음의 준비를 할 수 있게 도와줘야 한다. 상대가 먼저 전화 건 용건에 대해 미주알고주알 얘기하기 시작하면 "나중에 상사와 통화하라."는 식으로 대화를 자르기보다는 잘 들었다가 나중에 요점정리를 해서 선배에게 메모를 전달해주는 편이 좋다. 상사로 하여금 전화통화에 대해 다시 그 사원에게 꼬치꼬치 묻지 않아도 되게끔 명료한 내용의 메모를 책상 위에 올려놓고 추가로 전달해야 할 상황이라면 상사가 그 메모를 확인할 때 자리로 가서 부연 설명을 해주는 센스도 필요하다.

단순 업무의 가장 흔한 예인 복사 심부름을 살펴보자. 복사하는 동안 늘 그 자료들을 흥미진진하게 속독하는 사원들이 있다. 읽어보면 조금이라도 회사가 어떻게 돌아가는지를 파악할 수 있는 기회가 된다는 것을 알기 때문이다.

또한 복사용지 가장자리를 시커멓게 복사해놓고도 아무렇지도 않게 건네주고 마는 이가 있는가 하면, "오늘 회의는 연배가 높으신 중역이 몇 분 계시니 작은 글자의 자료는 확대 복사해놨습니다."라고 말하는 센스 있는 사원도 있다. 복사물에 클립을 어떻게 썼는지, 혹은 스테이플러를 어떻게 박았는지 하는 것도 매우 사소해 보이지만 그 사원의 업무에 대한 정갈한 태도를 보여주는 확실한 힌트가 된다.

한편 단순 노동이 의외로 창의력을 자극할 수 있다는 사실을 아는가? 심신이 편안한 상태에서 리듬감 있는 단순한 사무작업을 하다 보면 그 여백을 두뇌활동이 메우게 되고 자연스레 머릿속에는 이런저런 아이디어가 떠오른다. 몸이 바쁘면 오히려 머릿속이 말끔해지는 것과 같은 이치다. 단순 작업을 하는 시간이 오히려 아이디어를 짜내기 위한 최고의 시간일지도 모른다.

단순 노동이 정신건강에 좋은 영향을 미칠 수 있는 또 다른 이유는 그것이 예측 가능한 성취감을 가져다주기 때문이다. 착실하게 하나하나 해나간다는 느낌은 기분을 좋게 하고 다른 본격적인 일을 하기 위한 준비운동의 의미도 있다. 스스로 능력이 있다고 과신하는 사람일수록 단순 작업을 과소평가하고 피하려고 하지만 그들은 어쩌면 많은 것을 놓치고 있는 것인지도 모른다.

직장생활을 즐겁게 하기 위해 우리에게 필요한 것은 뭐든지 재미있어 하는 호기심 가득한 정신이다. 그러한 호기심이 어떤 일에든 주체적으로 관여할 수 있도록 해준다. 그 일을 순수한 마음으로 받아들일 수 있다면 그 업무에 개선할 만한 점은 없는지, 더 응용할 만한 건 없는지 생각해보자. 단순 업무에도 분명한 부가가치가 있다. 틀에 박힌 사고방식에서 벗어나 창의적으로 일을 바라보면 그 일이 더 이상 귀찮은 단순 업무만은 아닐 것이다.

보고 타이밍만 잘 챙겨도
유능해 보인다

회사생활을 쾌적하게 하는 쉬운 방법 중 하나는 보고를 잘하는 것이다. 신입 시절에 자주 지적당하는 것 중 대부분은 제때에 보고를 안 해서 생기는 일이다. 나름대로 잘해보겠다고 혼자서 마지막까지 손에 쥐고 있다가 나중에야 상사에게 보고한 것이 화근이었다. 마감일 바로 직전까지 가급적 완성된 형태로 제출하지 않으면 실례라는 고정관념에서 비롯된 실수였다. 시험지 끝까지 붙들고 있는 학생이 시험 잘 보는 건 결코 아니라는 것과 일맥상통하는 논리다.

보고의 법칙은 간단하다. 먼저 업무지시를 받는다. 세세한 사항까지 참견하는 상사가 아닌 바에야 대략의 가이드라인을 제시해주고 손을 뗄 것이다.

거기서부터 그 일은 내가 하기 나름이 되는데, 먼저 일을 진행해나갈 틀을 짜야 한다. 형식, 수순 등의 결과물을 만드는 방향성을 정하는 것인데 그것을 설정한 단계에서 먼저 상사에게 1차 보고를 해야 한다. 이때 본 업무의 명확한 목적과 주요 체크포인트 등을 면밀히 확인해야 한다.

이 절차를 거치는 것은 수동적인 업무자세가 아니라 '난 분명히 당신이 지시하는 업무를 이해했다.'고 상사를 안심시키기 위해서다. 상사와 업무에 대해 한 번 더 얘기하다 보면 향후에도 호흡을 맞추기가 수월해져 시간을 절약하게 해주는 이점도 있다. 물론 이 과정에서 상사는 부하직원에 대한 애착과 신뢰감을 갖게 된다.

1차 조율을 마친 후에는 일을 진행해나가면서 중간 중간 수시로 상사와 그 업무에 대해 이야기를 나누거나 의견을 구하면서 완성도를 높여가는 약식보고 형식을 취하도록 한다. 특히 간과해서는 안 될 점은 업무에서 중요한 의사결정 시점에서는 반드시 상사에게 자신의 결정 내용과 그 이유에 대해 설명하고 상사의 의견을 구해야 한다는 것이다.

이런 일련의 행동들은 내가 지금 만들고 있는 것은 어디까지나 '기초안'이라는 겸손한 마음자세를 보여준다. 내가 최선을 다

하지만 결코 본인 하나만의 노력으로 이 일이 잘되는 것이 아님을 안다는 것은 성숙한 직장인의 자세다. 그러나 개중에는 남의 입김이 '내 작품'에 반영되는 것을 지나치게 싫어하는 '개인주의적' 성향의 사원들이 있는데, 그럴 바에는 차라리 혼자 일하는 프리랜서를 하는 편이 낫다. 회사 일은 결코 혼자서 처음부터 끝까지 할 수 있는 것이 거의 없다고 해도 과언이 아니다. 특히 상사의 조언과 도움은 더 좋은 성과물을 내기 위해 공짜로 얻어가는 자양분인 셈이다.

구체적인 예로 파워포인트로 뭔가를 작성해야 하는 일이라면, 처음부터 파워포인트 형식으로 작성하지 않는 것이 비결이다.

광고대행사에 다니던 시절 기획안 작성에 대해 사수로부터 좋은 레슨을 받았다. 먼저 A4용지를 반으로 잘라 대략 50장 정도를 준비해놓는다. 그리고 연필로 한 장 한 장 거칠게나마 구상한 내용을 작성해나간다. 그렇게 하다 보면 각 페이지 사이의 연결과 맥락이 맞는지 바로 잡아낼 수 있고 순서를 바꾸는 것도 용이하다. 연필로 하기 때문에 중간에 수정하기도 쉽고 직접 종이에 적는 작업이다 보니 내용에 집중할 수 있는 힘과 창의력도 생긴다. 반면 처음부터 파워포인트 형식에서 작성하기 시작하면 전달하고 싶은 내용에 집중하기보다는 페이지 모양을 꾸미는 데 집중하느라 형식상 일하는 척만 하게 된다.

무엇보다도 거칠게 작성한 초본이 상사에게 중간보고 하기에는 안성맞춤이다. 상사는 보다 편한 마음으로 빨간 펜을 들 수 있고 전체적으로 시간절약이 가능하다. 한 번 시원하게 중간 점검을 받고 나서 파워포인트 작업을 시작하면 다시 한 번 작성하면서 생각을 가다듬을 수 있으니 더욱 향상된 자료가 될 것이다. 손으로 쓰는 것이 좀 귀찮다면 워드 형식으로 간략히 내용을 정리해보고 검토를 받은 다음 파워포인트 작성에 들어가는 것도 대안이 될 수 있다.

일하는 과정에서 적절한 순간마다 상사의 의견을 다양하게 반영할 수 있는 틈을 만드는 것은 결과적으로 상사나 부하직원 모두에게 업무 차원에서는 물론이고 감정적으로도 큰 만족감을 안겨줄 것이다.

보고는 내부의 문제를 해결해줄 뿐만 아니라 외부와의 문제도 해결해주므로 그만큼 중요하다. 고객사와 함께 얽혀 있는 업무라면 나 하나 실수해서 상사한테 야단맞고 끝나는 문제가 아니다. 나의 실수 하나가 고객사에 막대한 지장을 초래할 수도 있다. 어쩌면 팀장, 국장은 물론이요, 회사 대표까지도 고객사의 팀장급 앞에서 머리를 조아려야 하는 형국이 될 수도 있다. 그래서 팀 내의 정보 공유와 적시에 보고하는 것은 그야말로 철칙처럼 지켜지고 훈련되어야 한다.

한편 보고만큼이나 효과적인 업무 습관은 바로 일에 대한 예고다. 예고도 보고의 일종이지만 일을 진행시키기 전에 미리 보고함으로써 함께 일의 우선순위를 정하고 내용을 공유하는 것이다. 이런 절차를 통해 사전에 일에 대한 안정적인 가이드라인을 마련함은 물론, 상사나 고객사에게 '언제까지 이 기획서를 완성하겠다.'라고 예고함으로써 그들의 신뢰를 얻을 수 있고 업무의 우선순위를 설정하는 훈련도 자연스럽게 이루어진다.

아무리 작은 일이라도 예고를 하는 것이 바람직하다. 이것은 '어떤 목적을 설정해서 달린다.'는 의미가 있는데, 이렇게 능동적으로 일의 주도권을 쥐고 목적을 성취했을 때의 기쁨은 무엇과도 비교할 수 없을 만큼 크다.

더 나아가서 예고하는 습관은 일을 잘하는 것처럼 보이는 효과도 있다. 내가 일하는 것을 적절히 광고할 줄 아는 것도 분명히 능력이다. 다른 사람과 연결된 프로젝트라면 상사가 지켜보는 앞에서 "나는 언제까지 이 일을 마무리할 테니 당신은 언제까지 저일을 마쳐주십시오."라고 업무진행을 정리하는 효과도 있다. 게다가 서로에 대한 긴장감과 책임감을 확인할 수 있어서 바람직하다. 단, 인정받기 위해 무리한 마감 기한을 설정해서 스스로를 압박하는 것만큼은 조심해야 한다.

업무용 메일,
나는 이렇게 썼다

업무협조 메일, 대외용 제안서, 보고서, 기획서, PT자료 등에 이르기까지 우리는 오늘도 키보드를 열심히 두드린다. 글은 어떤 형태이건 글쓴이의 사고방식과 삶의 방식을 표현해주는데, 업무 관련 글이라면 거기에 덧붙여 경력의 내공이 묻어나리라.

어떤 글쓰기라도 기본은 감동이다. 즉, 사람의 마음을 움직일 수 있어야 좋은 글이다. 그리고 좋은 글의 진리는 단순하다. 한 가지 사안에 대해 쉬우면서도 정확한 단어로 자신의 생각을 표현하는 것이다. 어려운 단어를 쓰거나 아리송한 말로 빙빙 돌릴 필요가 없다. 멋들어진 용어, 아는 척하는 지식을 활용해서 만든 문서는 마네킹처럼 느껴져 지루하다.

사회 초년생들이 빠지기 쉬운 함정이 바로 쉽고 단순한 이야기를 일부러 읽기 어렵게 쓰는 것이다. 그 대신 복잡하고 깊이 있는 이야기를 가장 단순한 단어로 상대가 읽기 쉽게 쓰려고 노력하라. 이것이 어렵게 쓰는 것보다 한층 더 도전적이다.

예를 들어 기획서를 살펴보자. 언뜻 그럴싸해 보이지만 내용을 읽기 시작하면 실망감을 감출 수가 없다. 내용에 논점도 없고 알맹이도 없다. 대신 그럴싸한 용어들, 예를 들면 시너지, 극대화, 효용가치, 공동협의, 핵심가치 등등을 나열하고 같은 얘기를 이리저리 뒹굴려 튀김옷을 입혀서 또다시 튀겨 내놓는다. 한 줄로 하면 끝날 것을 양 채우느라 한 문단으로 늘려 쓴다. 그 한 줄짜리 주장이 아무런 본질적인 고민을 담고 있지 않아 민망하기에 그렇게 겹겹이 옷을 입히고 싶은 것이리라.

단어들도 일부러 영어나 한자어 등의 어려운 단어만 골라서 쓰고 문장도 간단명료한 단문이 아니라 어렵사리 꼬아 길게 늘어뜨린다. 읽기 힘든 업무용 문서처럼 참담한 게 또 어디 있을까.

자기 머리로 고민해서 일의 본질을 꿰뚫기보다는 손끝으로 형식적인 문서를 작성하던 습관대로 대충 이 정도로 처리해야겠다는 마음이 문서를 통해 엿보인다. 이렇게 덧붙인 군더더기 중 최소한 3할은 걷어내도 전혀 문제가 없다!

좋은 업무용 글에는 일에 대한 진심이 담겨 있어야 한다. 그 문서를 통해 자신의 생각을 설득하거나 공유하려면 일단 자신이 쓴 내용을 철석같이 믿어야 한다. 그 믿음을 뒷받침해줄 수 있는 부단한 생각과 고민이야말로 모든 기교나 지식을 넘어 좋은 문장의 최고 재료가 된다. 또한 무한한 예민함이 좋은 문장을 만들어준다. 전개가 논리적인지 확인하고, 글꼴과 글씨 크기가 주는 뉘앙스도 검토해보고, 오타와 점 하나도 신경 써서 조각처럼 거듭 세공하는 정성을 들이자. 수정할수록 글은 환골탈태할 것이다.

일상적인 글의 대표적인 예로 업무메일 쓰는 법에 대해 간략히 살펴보자. 메일의 감동은 간결 명료함에 있다. 부연 설명하자면 첫째, 가급적 간결한 문장으로 짧게 써야 한다. 다들 이미 너무 많은 통신수단에 시달리고 있다. 한 친구는 회사에서 근무하는 중에 사내 이메일, 대외 이메일, 휴대전화, 자리 전화라는 네 개의 통신수단이 수시로 그녀를 찾아 노이로제에 걸릴 지경이라고 한다. 간결 명료한 메일로 서로를 돕고 살자. 분량뿐만 아니라 답변을 확실하게 보내는 습관을 길러 상대가 다시 회신 메일을 보내 시간낭비를 하지 않도록 하자.

예로 기획서가 어떻게 되고 있느냐는 물음에 "진행 잘되고 있다."는 식의 애매한 답변을 피하고 "지금은 시장조사 단계입니다." "이번 금요일까지 본문은 다 끝날 예정입니다." 등 구체적으로 궁금증을 풀어주도록 한다.

둘째, 이모티콘은 가급적 쓰지 말자. 이모티콘은 메일 전체의 분위기를 좌우할 만큼 상상 외로 영향력이 크기 때문이다. 획기적인 제안인데 장난스런 이모티콘을 쓰거나 심각한 이야기인데 "^^"를 남발하거나 하면 머리가 나빠 보인다. 어떤 이들은 잘 보이고자 친근함을 표현하는 것이라고 둘러대는데 이모티콘이 없어도 단정하고 설득력 있는 문장을 마주하면 신속히 협조해주고 싶은 마음이 저절로 들 것이다. 표현을 하고 싶다면 문장으로 구체화시켜라.

셋째, 본론을 맨 처음에 쓰고 그에 대한 설명을 그 뒤로 빼도록 한다. 이 얘기 저 얘기 하다가 결론을 제일 마지막에 쓰지 말자. 만약 용건이 한 가지 이상이면 처음부터 "오늘은 세 가지의 안건에 대해 의견을 구하는 바입니다." 식으로 처음에 강조를 하고 내용을 정리한다. 내용이 길어지면 가독성을 고려해 문단을 나눠 작성하도록 한다.

넷째, 메일 내용이 길어질 것 같으면 직접 만나서 얘기하는 게 오해를 살 소지가 줄어든다. 특히 내가 상대에게 부정적인 의견을 보내야 할 때는 만나서 전달하도록 한다. 반대로 상대의 허심탄회한 의견을 듣고 싶을 때에도 직접 만나서 얘기를 듣는 것이 좋다. 메일을 통해 의견을 물으면 상대는 비평을 하고 싶어도 오해가 생길까 봐 무난하게 둘러댈 것이다. 업무와 관련해서 사과해야 할 때도 메일이나 전화는 가급적 삼가고 직접 만나는 것을 권장한다.

마지막으로, 단체메일을 보낼 때 이 내용을 반드시 알아야 하는 사람에게만 전하도록 신경을 쓰자. 받는 입장에서 자기와 별로 관계가 없어 보이는 메일이 계속 오면 점점 그 사람의 메일을 경시하게 되고 메일에 대한 신뢰감이 떨어진다. 여러 사람들에게 '열심히 일하고 있다는 것을 증명하기 위해 이 사람 저 사람 무제한으로 수신자란에 집어넣다 보면 자칫 스팸메일 대우를 받기 십상이다. 수신자 선택은 늘 신중히 하도록 한다.

메일과 달리 일상적이지 않은 이력서를 쓸 때도 이런 글쓰기의 논리는 일맥상통한다. 일단 구구절절 길게 쓴 것은 무조건 아웃이다. 이력서는 물론이요 자기소개서도 한 장에 응축된 내용을 담고 있어야 마땅하다.

특히 이력서가 갖춰야 할 미덕은 바로 정직함이다. 예전 회사에서 진행했던 업무를 그대로 나열한 것을 읽다 보면 본인이 주도한 프로젝트인지 아닌지 금세 알 수 있다. 과잉포장을 할 필요가 없다는 말이다.

또한 상충될 것 같은 재기발랄함과 겸손함은 자기소개서 한 장에서 충분히 표현할 수 있다. 신세대다운 재기발랄함을 가장해서 하염없이 글이 들떠 있거나 '무조건 뽑아만 주십시오. 제 인생을 걸겠습니다.' 식으로 비굴하다면 읽는 사람 입장에서는 어떤 의미에서든 불쾌할 뿐이다. 호기심을 자극하고 가능성을 믿고 싶게끔 하는, 차분하고도 매력적인 문장을 이력서에서도 보고 싶다.

거창한 문학작품만이 타인을 감동시키는 것은 아니다. 일상의
업무용 글쓰기도 얼마든지 타인의 마음을 움직일 수 있다.

책상을 보면
일에 대한 태도를 알 수 있다

일하는 여자의 업무에 대한 의지를 확인할 수 있는 또 다른 매체는 바로 자신의 사무용 책상이다. 매일 우리가 앉아서 많은 시간을 보내는 그곳. 똑같은 책상이라도 그 사람의 캐릭터에 따라 분위기는 천차만별이다.

책상 이야기를 하자면 옛 직장에서의 일이 떠오른다. 그 사원은 전직한 지 얼마 안 되었다. 나이도 그리 어리지 않았다. 그녀는 우리 회사에 입사한 것이 마냥 신났던지 연신 싱글벙글한 표정으로 주변 사람들에게 친근하게 다가가면서 하루빨리 일에 적응하려는 모습이었다. 그것까지는 보기 좋았다.

그런데 며칠 후 그녀의 자리로 가서 업무를 봐야 할 일이 생겼다. 그때 그녀의 책상을 보고 경악했다.

당시 사무용 책상은 위에 유리를 깔아놓아서 사람들은 보통 월별 업무 스케줄이나 주 거래처 전화번호 등을 유리 밑에 끼워놓고 수시로 확인해가며 업무의 효율성을 높이고 있었는데 그 직원은 15장의 사진을 가로, 세로 꼼꼼하게 맞춰서 꽉 채워놨던 것이다.

사진들은 대부분 '얼짱' 각도로 찍은 독사진들이었고 한두 장 정도 자신이 유독 부각되어 나온 단체사진들도 있었다. 그 사진들을 보는 내가 오히려 민망스러웠다. 사진들 속의 그녀는 나를 향해 말을 걸고 있었다. "나 너무 멋있지 않니? 나 좀 봐줘." 요즘으로 치면 자신의 블로그에 올릴 법한 사진들이었다. 그나마 그것들은 사적인 온라인 공간이 아닌가. 이곳은 엄연히 공적인 오프라인 공간이다. 일할 마음? 전혀 없어 보였다.

그 외에도 책상에 올라가지 말아야 할 품목으로 내가 꼽은 것은 바로 탁상거울이다. 물론 파운데이션이 번졌나, 콧등이 번들거리나, 이에 고춧가루가 끼지 않았나 신경 쓰이겠지만, 책상에 거울이 놓여 있으면 마치 하루 종일 거울만 보고 있는 여자처럼 보인다. 간간이 자신의 얼굴을 확인하고 싶다면, 작은 손거울을 서랍에 넣어두는 것으로도 충분하다. 사실 책상 위에 당당히 거울을 놓고 쓰는 여자들을 보면 지하철이나 레스토랑 등의 공공장소에서 태연히 화장을 고치는 무신경함이 연상된다. 여자들이 많은 직장에 다니다 보면 아무래도 이런 부분에서 좀 더 관대해지기 쉽지만 긴장감 상실은 늘 가속화되니 조심해야 한다.

또 다른 품목은 '명찰 스티커가 붙여진 문구용품'들이다. 스테이플러나 볼펜, 지우개 등에 자기 이름을 정성스레 써붙이는 사람들이 있다. 물론 자꾸 빌려가서 안 돌려주는 사람들이 더 나쁘지만 어디까지나 회사 물건인데 팀 이름 정도로 만족해주면 안 될까? 그럴 정성으로 스티커를 이용해 파일 분류를 꼼꼼히 한다면 얼마나 좋을까?

덧붙이자면 지나치게 여성스러운 쿠션이나 애견 사진, 아기 혹은 남편(애인) 사진, 그리고 읽다 만 소설책은 가급적 치워놓도록 한다. 바닥에 바꿔 신을 구두나 슬리퍼가 뒹굴고 있는 것도 보기 안 좋다.

또한 바쁘다는 핑계로 파일링을 못한 회의자료 등의 A4용지 뭉치가 책상 한쪽에 가득 쌓여 있는 것을 보면 주변 사람들까지 심란하다. 그 출력물들은 회사의 대외비 정보와 연결되어 있는 까닭에 그렇게 방치해놓는다면 그 사원에 대한 불신감이 생길 것이다. 매일 정리하기 힘들다면 일주일에 한 번 금요일 오후 시간을 이용해 한 주간 쌓인 종이더미를 분류해서 버릴 것은 분쇄기에 넣고 보관할 것은 파일링을 하도록 하자.

역시 업무용 책상의 백미는 파일정리다. 요즘은 컴퓨터에 깔끔하게 파일정리를 해놓는 것도 방법이지만 그것과는 별도로 출력물 형태로 꼼꼼히 정리해놓는 것은 필수적인 업무능력이다. 직급이 낮을수록 특히 신경 써서 파일링을 하면 그것은 자신의 정보와 자산이 된다. 가지런한 파일링은 그의 유능함을 보여주는 것은 물론이요, 정리를 할 때 또 한 번 자료들을 검토하게 되니 일석이조의 효과를 가져다준다.

진지하게 일하려는 여자의 책상은 번잡스럽지 않아야 한다. 회사 책상은 살림집이 아니다.

실력을 키우는
기본적인 방법들

한 여자 팀장이 있었다. 허구한 날 지각에, 일 핑계 대고 점심을 두 시간씩 먹는가 하면 퇴근시간이 되기도 전에 한의원 가서 침 맞아야 한다며 바람처럼 사라지곤 했던 사람이었다.

당연히 그녀 아래 직원들은 상사의 행동에 적지 않은 불쾌감을 품었다. 중역들이 자리로 찾아와 팀장 어디 갔냐고 물을 때마다 대신 핑계를 대고 둘러대야 했으니까.

그런데 그 배짱 두둑한 팀장이 몇 달 후 돌연 사표를 던지고 동종 업계의 더 좋은 회사로 스카우트되어 가버렸다. 팀원들은 상사가 보여준 태만과 경쟁사로의 전직이라는 상도덕에 위배되는 행동 때문에 사장이나 중역진이 격노하며 그녀의 정체(?)를 드디어 파악하겠구나 하고 내심 기대했지만, 웬걸 그들은 오히려 그녀를 붙잡았다. 그때는 이해가 안 갔다.

결국 그녀는 퇴사하고 후임자가 들어왔는데 워킹맘이었다. 제때 출근하고 제때 퇴근했고 무엇보다도 전 팀장보다 훨씬 인간성이 좋았다. 그런데 몇 달 안 돼 우회적인 권고사직을 받게 되었다.

이 두 팀장의 차이는? 바로 능력이었다. 후임자가 좋은 성격의 소유자일 수밖에 없었던 이유는 자신의 업무능력에 대한 자신감이 부족해 방어적인 태도를 취했기 때문이고 전임 팀장이 뻔뻔스러울 수 있었던 것은 오만할 정도로 자기 능력에 대한 자신감이 있었기 때문이라는 얘기다.

윗사람들은 고분고분하고 다루기 쉬운 매니저보다 최소한 자기가 맡은 일은 확실히 해내서 회사에 실질적인 이익을 주는 사람을 원했던 것이다. 아직은 어렸던 우리 팀원들은 직장인의 성실함이나 팀원들에 대한 관심의 측면에서만 그 팀장들을 평가해 온 셈이다.

회사가 직원을 평가하는 가장 본질적인 기준은 '다른 누군가와 바꿀 수 있는 존재인가?'라는 것뿐이다. 노력했다, 최선을 다했다, 성실했다, 주변 사람들과 화합했다고 아무리 주장해도 그것이 구체적인 업무성과와 연결해서 빛을 내지 않는 한 공허한 자기방어적 행동처럼 보일 것이다.

회사는 자선단체가 아니기에 사원이 회사에 제공할 수 있는 것을 객관적으로 평가할 뿐이다. 상사의 입장에서 '이 사원은 좀 건방지고 마음에 안 드는 면은 있지만 그래도 저 친구가 없으면 안 돼.'라는 이기적이고 합리적 판단이 들면 아주 밉보이거나 위협이 되지 않은 이상 그 사원의 손을 잡고 있을 것이다.

바꿔 말하면 사원이 실력을 갖추고 있을 때 상사와의 관계에서 스트레스는 줄어든다. 상사 입장에서는 유능한 부하직원 덕에 훨씬 편하게 자기 일을 할 수 있게 되며 부하직원 관리에 대한 스트레스도 받지 않기 때문이다. 특히 사람은 좋은데 능력이 모자라는 사원의 경우, 상사로서 그를 감싸주어야 하는지 아니면 내쳐야 하는지의 딜레마에 빠지기도 한다.

실력을 배양하기보다는 그때그때의 어려움을 모면하려고 상사에게 인간적으로 기대며 생존하는 이들도 있다. 실제로 규모가 커서 느슨한 조직문화에서는 이런 습성이 더 통하는 경우도 있지만 상식적으로는 권장하기 어렵다.

특히 '여성성'을 사용한 어리광은 금물이다. 상사가 언제 어떻게 바뀔지 모르고 평생 직업을 바라보고 있다면 그에 필요한 실력과 내공을 키우는 것밖에는 방법이 없다.

실력을 키우는 방법은 거창하기보다는 기본적이고 상식적이다. 어쩌면 이는 우리가 학교에서 필요로 했던 능력과도 같다.

일단 나는 '모르는 것 질문하기'만큼 가장 빠르고 정확하고 유익한 실력증진 방법은 없다고 생각한다. 심지어 업무능력은 대부분 전수되므로 돈도 안 들고 상사의 사랑과 신뢰도 얻을 수 있다. 그런데 우리나라 사람들은 이 질문하기에 그토록 인색할 수가 없다. 학생 때부터 질문하면 괜히 튀어보이려 한다는 선입견이 있어서인지 다들 너무 수줍어하거나 자신의 무지를 창피해하는 경향이 있다. 모르는 것은 죄가 아니다. 모르는 걸 아는 척하는 것이 낭패다!

일하다가 모르는 것이 생기거나 납득이 안 가는 부분이 있으면 그에 대해 가장 전문적인 지식을 갖고 있을 만한 사람에게 가서 질문하고 또 질문하라. 가급적 그것이 직속상사라면 더욱 좋을 것이다.

또한 나의 상사들뿐만 아니라 다른 팀의 동료나 팀장에게도 질문함으로써 그들과 더욱 친해지고 다양한 업무에 대한 지식도 늘릴 수 있다. 또한 그들로부터 배운 것만큼 내가 아는 것을 남들과 공유하는 데 인색하지 않도록 한다.

질문하기와 더불어 '자기 의견 얘기하기'도 갖춰야 할 자질 중하나다. 눈치만 살피며 소신껏 자기 의견을 말하지 못하는 것은 거부당할지 모른다는 두려움 때문일 것이다. 하지만 자기 의견을 피력해서 손해 보는 것은 아무것도 없다.

회의에서 내 의견을 당당히 얘기했을 때 좋은 점은 그것이 받아들여지면 능력을 인정받을 수 있는 기회가 되고 의견이 받아들여지지 않았다고 해도 선배들은 그에 대해 냉철한 피드백을 주기 때문에 한 번 더 자신의 생각을 돌이켜볼 수 있는 기회가 된다는 것이다.

어떤 의견이라도 한 사람의 발언은 또 다른 사람의 발언을 더 쉽게 만들기 때문에 서로에게 발언권을 미루는 게 아니라 서로 얘기하려고 싸우다시피 하는 회의 풍경이 가장 바람직하다고 볼 수 있다.

특히 모르는 것 질문하기가 좋은 부하직원의 기본자세라고 한다면 자기 의견 서슴지 않고 얘기하기는 장차 리더십을 키우는 훈련이 될 것이다. 그리고 이 두 가지 방법은 모두 궁극적으로 커뮤니케이션 능력의 근본이 되는 행동들이다.

마지막으로 일하는 여성들에게 별도로 강조하고 싶은 것은 아무쪼록 '숫자감각 키우기'를 유념해달라는 것!

내가 마케팅 디렉터로 일하던 시절 여러 여자 대리와 남자 대리를 지켜보면서 느낀 것은 남자들은 매출, 손익, 비용, 업계 시장 규모 등 업무와 관련된 숫자들에 대한 입체적인 이해가 있는 반면, 여자들은 이 부분에 상대적으로 관심을 덜 보였다는 점이다. 여성들은 언어를 통한 표현능력이나 창의성은 뛰어난 반면, 숫자로 비즈니스 상황을 이해하는 것이 더뎠다.

이것은 또한 자기가 맡은 일은 철저하고 꼼꼼하게 하지만 그것을 둘러싼 큰 틀을 보는 것에 인색하다는 것과 연결되어 있다.

반면 남자 대리들은 남자 간부들과의 술자리에서 귀동냥으로 업계 동향이나 업계의 전망, 회사 비즈니스와 관련되어 꼭 알아야 할 숫자들을 자연스럽게 터득해가는 경향도 있는 것 같다.

학생 때부터 수학과는 친하지 않았다고 해서 숫자가 빼곡히 박힌 자료를 밀치지 말고 숫자들이 보여주는 행간의 의미를 파악하는 능력을 기를 때, 그것은 확고하고 단단한 실력의 밑천이 돼 줄 것이다. 아무리 봐도 막막하다면? 질문해라!

3장

직장 내 인간관계의
어려움

일이 아니라 사람 때문에
괴로운 마음

처음 회사원이 돼서 어리둥절했던 것은 일보다는 사람에 대해서
였던 것 같다.

일이야 새로 배워야 하니까 공부하는 것처럼 하나 둘 익히면
된다고 쳐도 조직에서의 인간관계는 학생 시절과는 전혀 달랐다.
학생 때는 친구를 입맛대로 고를 수 있고 싫은 사람과 무리해서
사귈 필요도 없었다. 내키지 않으면 마냥 혼자서 고독을 씹으며
사색에 잠겨도 누가 뭐라고 하지 않았다.

하지만 회사원이 되면 그렇게는 못 산다. 내가 친하고 싶은 사
람하고만 친할 수도 없다. 내가 싫든 좋든 간에 이미 회사는 내가

범접할 수 없는 인간관계의 밑그림을 세팅해놨기 때문이다. 나는 그들의 세팅된 인간관계의 거미줄에 들어가 그 안의 룰에 따라 잘 지내고 잘 맞춰야만 한다. 좋아하지 않는 사람들이 나의 동료나 선배, 상사가 되더라도 그들을 부정하고 내칠 수는 없다. 조직 생활은 이렇게 같은 회사에 다닌다는 것 말고는 거의 공통점이 없을 법한 사람들이 좁은 공간에 모여 하루의 대부분을 보내야만 하는 엄청난 감정노동을 동반한다. 누가 회사생활이 쉽다고 말했던가!

사적 인간관계를 맺고 유지하는 것도 녹록치 않은 일인데 직장 인간관계가 그것보다 배로 힘든 것은 구체적인 이해관계가 얽혀 있기 때문이다. 오늘의 아군이 상사의 농간으로 내일의 적이 될 수도 있고, 어제까지는 으르렁거리던 사이가 공통의 목적을 위해 오늘은 동지가 되어 단결할 수도 있다.

아무리 아꼈던 후배라 하더라도 일을 엉망으로 해놓아서 나를 힘들고 거추장스럽게 만들면 더 이상 감싸고 싶지 않다. 자리와 입장이라는 것 때문에 내가 잘못을 하지 않았는데도 고개를 숙이며 사죄해야 할 때도 있고 무척 화가 나는데도 얼굴은 미소를 띠고 있어야 할 때도 있다.

그러나 구체적인 이해관계가 얽혀 있다는 것은 반대로 말하면 감성적인 접근보다는 이성적인 접근을 필요로 하는 인간관계라고 하는 게 맞을 것이다. 그리고 개중에는 회사 밖으로 나가면 다

남남이라며 사내 인간관계의 허무함을 비꼬는 이들도 있지만 물론 모두 다 그런 것은 아니다. 다만, 정을 교환하는 사적인 인간관계와는 달리 노동 서비스를 우선적으로 교환하는 공적인 인간관계가 가지는 몇 가지의 법칙, 그리고 이성적으로 대처하며 갈등을 피할 수 있는 노하우만 체득할 수 있다면 직장 인간관계를 힘겹거나 무의미하다고 여길 일은 없을 것이다.

먼저 사내 인간관계에 대한 다섯 가지 개념부터 새기고 넘어가자.

첫째, 모든 사람들로부터 사랑받을 생각은 애당초 접어라. 인정받는 모범생으로 커왔을수록 이것은 실천하기가 생각보다 어렵다. 눈 질끈 감고 내가 다른 사람들을 그렇게 사랑할 생각도 하지 말고 사랑받을 생각도 하지 말자. 피를 나눈 가족이나 십년지기 친구들과도 오해와 갈등을 겪는데 하물며 공통점이라곤 찾을 수 없는 여러 사람들과 서로 진정으로 이해하고 보듬어주기가 어디 쉬울까?

둘째, 회사 내 인간관계의 스트레스에 대한 대가도 월급 안에 들어가 있다고 생각해라. 인간관계에 대한 어느 정도의 스트레스는 당연한 것이고 직급이 올라간다고 해서 반드시 나아지는 것도 아니다. 그 직급과 환경에 맞는 새로운 인간관계 스트레스가 기다리고 있다고 보면 무방하다.

셋째, 회사라는 조직체는 자선단체가 아니기 때문에 누구나

이기적인 행동을 취한다. 그리고 여기서 이기적이라 함은 그로서는 자신을 보호하기 위한 매우 이성적인 행동임을 뜻하기도 한다. 고로 권선징악의 단순한 룰에 따라 증오해야 할 대상을 정해놓고 누군가를 미워하며 스스로의 감정을 소모시키는 것은 괜한 낭비다. 차라리 무관심하자.

넷째, 미운 사람은 잊으려고 애써야 하지만, 반대로 나를 도와준 사람은 절대 잊어서는 안 된다. 왜냐하면 그 사람들이 결국엔 평생에 걸쳐 나를 지속적으로 도와줄 사람이기 때문이다. 그 사람들은 삭막한 직장생활을 빛내주는 보물 같은 존재다. 있을 때 잘하자.

마지막으로, 가장 방어적이면서도 공격적인 사내정치는 상사와 우호적 관계를 맺는 것이다. 상사를 내 편으로 만들지 못하면 그 무엇도 시작되지 않는다. 상사를 자기 사람으로 만들 줄 아는 사람이라면 동료나 후배를 자기 사람으로 만들기도 쉬울 것이다. 상사를 이해한다는 것은 상사의 입장을 이해한다는 의미이기 때문에 부하직원에게 자신이 어떤 상사로 비춰질지 인식할 수 있게 된다.

사내 인간관계를 유지하려면 어느 정도의 인위적인 조정 내지 노력이 필요하다. 그러면서 우리는 인간의 본성에 대해 배우는 것인지도 모른다. 아주 지독하고 야무지게 가르쳐주는 학교에 돈 받으면서 공부한다고 생각하면 한결 마음이 편해진다.

상사보다 잘났다고 생각하는
직원의 심리

처음부터 김새는 얘기라고 할지 모르지만 저마다 개성이 남달랐던 여러 상사들을 모셔보기도 하고 상사로서 부하직원들도 거느려본 내가 내린 결론은 '적어도 상사에게는 무조건 잘해야 한다.'는 것이다.

지나치게 보수적이고 권위적인 발상일까? 적어도 나는 이것이 공정한 방법이자 그나마 승-승win-win의 가능성을 가진 유일한 방법이라고 확신한다.

많은 후배들이 아직도 마음에 안 드는 상사와 갈등을 자초하며 상사에 대한 증오심에 가슴이 타들어갈 정도로 괴로워하지만,

아이러니하게도 괴로운 가슴을 안정시키기 위해서는 상사에게 먼저 다가가야 한다. 미우나 고우나 그 사람은 당신의 회사생활을 지옥으로도 천국으로도 만들 수 있는 위치에 있고 상사와의 인간관계를 놓고 모험을 하는 것은 결말이 뻔하기 때문이다. 더 나아가 한번 상사를 미워하기 시작하면 매번 상사가 바뀔 때마다 미워할 이유를 찾아내는 데 혈안이 되는 부정적인 습성이 몸에 밸 수도 있다.

물론 심정이야 십분 이해된다. '무능한 상사 때문에 내가 일 다 한다.'는 생각, 누군들 안 해 봤으랴. 숫자 보기를 질색하는 상사를 대신해 팀 예산을 관리하고, 영어에 쩔쩔매는 상사를 대신해 유창한 영어실력으로 회의를 성공리에 마친 것도 당신이었다. 파워포인트 보고서를 써서 올리면 오타 수정만 해서 그대로 자기가 다 한 것처럼 상부에 보고하거나, 누가 봐도 단순한 문제를 가지고 몇 날 며칠을 씨름하는 것을 보노라면 한심하기 짝이 없다. 이러니 자연스레 혼자 중얼거리게 된다. "차라리 내가 상사하는 게 낫겠다. 내가 어쩌자고 저런 인간 밑에서 일하고 있을까!" "어떻게 저런 인간이 아직도 회사에 붙어 있을까."

꽤 유능하다고 평가받는 직장 6년차 K 대리도 처음부터 부장과 삐그덕거린 건 아니었다. 유학까지 다녀와 영어를 잘하는 K 대리에게 영어 관련 일을 이리저리 맡기는가 싶더니 어느 순간부터 자신의 영문 레터까지 써달라고 했던 것이 화근이었다. 부장까지 돼서 자기 영문 레터 하나 못 쓰다니 무능해 보였다.

그후 하나하나 유심히 부장의 업무 스타일을 관찰해본 결과 자기 일을 혼자 알아서 하는 경우가 거의 없음을 발견하게 되었다. 미국에서는 상사나 부하직원이나 자기의 고유 업무가 있고 상사라고 모든 일을 부하직원에게 일임하지 않았기에 그런 부장의 업무 스타일은 충격적이었다. 그래도 K 대리는 한국의 독특한 직장문화인가 싶어 무시하려고 했다.

한편 부장은 어느새 K 대리가 자기를 바라보는 시선에서 그녀가 자신을 무시하고 있음을 알게 되었다. 부장도 처음에는 K 대리 눈치를 보면서 더 챙기려고 애쓰는 듯했으나 K 대리에게는 그 행색이 더 비굴하게만 느껴졌다. 상황은 점차 악화되어 부장에 대한 K 대리의 실망은 차츰 미움으로 발전하더니 급기야 아침에 일어나 일터에 나가기가 고역이고 신경성 위염까지 도지게 되었다. 이젠 점심시간에 팀원들이 나가서 외식하고 올 때 K 대리는 혼자 남아 취업사이트를 뒤적이고 있다.

K 대리는 유능한 직원이었을 것이다. 하지만 그녀는 과연 현명했을까? 학교에서 잘나고 똑똑하다는 것은 성적으로 확실히 구분된다. 하지만 조직 내에서 잘나고 똑똑하다는 것은 사실 보기보다 어렵고 복잡한 개념이다.

게으르지만 태생적인 천재형 영리함부터 노력 99퍼센트의 워커홀릭형 유능함, 알맹이만 본인이 챙기고 나머진 다 아랫사람들에게 맡기는 방임형 똑똑함, 겉으로는 평범한 듯, 때로는 무능한 듯 보여서 주변 사람들의 경계의 눈초리 대신 '괜찮은 사람'이라며 사랑받고 도움만 받다가 결정적인 순간에 지능을 발휘하여 한 자리 거머쥐는 사내정치형 수재에 이르기까지 사람들은 회사 내에서 다양한 방법으로 자신의 능력을 드러낼 수 있다.

그런데 부하직원이 우물 안만 보는 제한된 시각으로 상사의 단편적인 무능력만 공격하다 보면 나보다 인생 경험이 많은 어른들의 지혜로움을 알아차리지 못할 수도 있다.

그럼, 자신이 상사보다 낫다고 확신하게 되는 이유는 뭘까?

상사의 한 가지 약점을 발견하고 그것만으로 상사의 모든 점을 과소평가하기 때문이다. 상사가 '약한' 특정 업무에 우연히 내가 '강하면' 자신이 그렇게 잘나 보일 수가 없다. 그런 일이 몇 번 생기면 그때부터는 아예 상사를 무능력자로 낙인 찍어버리는 것이다.

편의대로 해석된 상사와 미화된 자기 자신을 놓고 오로지 내가 얼마나 아까운 인재이고 그가 얼마나 배울 것 없는 상사인지에 대한 생각에 사로잡혀 객관적으로 상사의 강약점도 냉정히 평가하지 못하는 상황에 처하고 만다.

내가 모르는 상사의 강점은 아예 생각조차 하지 않은 채 그의 실수에 과민반응하고, 그의 권위에 저항하는 것은 괴로운 직장생활의 보증수표다. 물론 상사의 무능력이 잘난 당신의 능력 발휘를 가로막고 있다면 그것은 문제가 있다. 그러나 대부분의 경우 즐겁고 평화로운 직장생활을 방해하는 것은 이렇게 상사에 대해 비판적인 자세를 고집하는 우리 자신들이다.

상사를 감정적으로 좋아하거나 존경하거나 미워하거나 경멸하기에 앞서 상사는 공적으로 십분 활용해야 할 대상이다. 정말 똑똑한 부하직원이라면 말 한마디로 상사를 '춤추게 하며' 그를 원격 조정해서 그가 나를 위해 일하도록 할 줄 알아야 한다.

상사가 아무리 무능하다 해도 그는 부하직원들보다 훨씬 많은 경험을 가진 지적 데이터베이스다. 일을 배우기 위한 훈련도구로 그들을 과감히 활용하면 어떨까? 상사가 먼저 다가와주길 바라기 전에 그들에게 단 한 가지라도 배울 점이 있다고 판단되면 최선을 다해 따르고 그들의 장점을 먼저 사랑하도록 하자. 어떤 사람이라도 장점은 있게 마련이고 그 장점을 찾아내는 습관은 이 세상을 조금 더 평화롭게 살아가게 도와줄 것이다.

화를 참는 상사,
혼자 일 다 하는 상사

상사에게 최근에 직설적으로 혼난 적이 있는가? 기억이 난다면 당신은 운이 좋은 사람이다. 요즘 상사들은 부하직원들 앞에서 맥을 못 추는 경우가 꽤 있기 때문이다. 그들은 아랫사람의 기분을 살피느라 야단도 못 친다. 그러면서 치미는 울화를 눌러야 하는 상사의 머릿속은 어지럽다. 부하직원의 감정을 상하게 할지도 모른다는 두려움과 그가 만일 내 질책을 거부할 때 어떻게 받아들여야 할지 몰라 두려운 것이다.

  예전의 한 상사는 속으로 화를 삼키는 성격이었지만 화가 나면 얼굴이 새빨개져 옆에서 지켜보는 사람이 늘 좌불안석이었다.

상사가 하고 싶은 말을 못하고 참아버리면 그 부작용이 고스란히 우리한테 돌아왔다. 중역들에게 부하직원의 공로가 인정받는 것을 방해하고 시기하거나 직원들 사이의 이간질을 조장하는 등 사태는 심각했다. 그러고서 술자리에선 "너희가 몰라서 그렇지 난 정말 노력한단 말야."라며 자신의 처지를 알아달라고 하소연한다. 어떻게 생각하면 안쓰럽기도 했다.

몇 명의 안쓰러운 상사들을 겪고 난 뒤 나는 내가 나중에 팀장이 되면 그런 일이 없기를 바랐고 그렇게 되지 않으리라 다짐했다. 그래서 부하직원이 나를 화나게 했을 때는 작은 회의실로 끌고 가서 고문하듯 눈물을 쏙 빼놓았다.

일단 내가 상사인 이상 내 속이 후련해야 했고, 그러기 위해 내가 원하는 100퍼센트를 요구했다. 팀장인 내가 부하직원과 타협해서 50 대 50으로 불만을 나눠가질 필요는 없으니까.

안 되는 건 안 된다고, 잘못된 건 잘못됐다고 불같이 화낼 수 있는 것은 상사의 권리이자 의무다. 당장에는 욕먹고 미움을 받더라도 상사 입장에서 볼 때 화를 낸다는 건 자기 부하직원들을 온전히 맡았다는 의미다.

뒷일이 귀찮아질까 봐 몸 사리며 속으로 삭이기보다 사랑도 헤프게, 질책도 헤프게 할 수 있는 상사가 훨씬 더 같이 일하기 수월할 것이다. 화를 잘 낼 줄 아는 것도 상사가 가진 능력 중의 하나다. 화를 직설적으로 자신 있게 낼 수 있는 상사를 고맙게 여기자.

그다음으로 후배의 일을 빼앗는 상사들도 문제다. 과거에 일을 잘했던 열혈 직장여성이나 마초의식이 강한 남자 상사들은 '일을 주는 것'에 인색해지기 쉽다. 대충 일했던 상사들이라면 얼씨구나 하며 생각나는 대로 일단 일을 다 떠넘기고 나중에 적당히 부하직원의 공을 가로채면 그만이지만, 일을 싸안고 했던 일중독증 상사들의 경우는 자신이 실무자로서 욕심을 내며 일했던 감각이 남아 일을 '떠나보내야 하는' 상황에 처하면 불안하고 어색해한다. 이런 상사들에게는 흔히 완벽주의 성향도 있어 부하직원이 일을 어설프게 하거나 위태롭게 하면 "답답한 너한테 일을 맡기느니 차라리 내가 후딱 해버리는 게 빠르겠다."며 일을 도로 빼앗아가기도 한다.

'혼자 일 다 하는' 상사를 모시는 부하직원의 마음은 어떨까? 자신이 불필요한 존재가 된 것 같아 기가 죽고, 어차피 노력해봤자 상사 마음에도 들지 않을 거라는 생각에 점차 위축된다. 그 결과 내면에는 분노가 쌓인 채 대충 맞춰주는 시늉만 하고 자포자기하면서 온순한 무능력자로 안착한다.

그런 상사들은 부하직원 시절이었을 때는 '써먹기 좋은' 복덩이지만 그들이 상사의 위치에 서면 동일한 성향 때문에 최악의 상사가 될 수도 있다.

그들은 자신이 우수했던 만큼 '나는 저 시절에 충분히 해냈는데 왜 이 직원은 못하지? 아니, 하려고도 안 하는 것 같아.'라며 자기 기준을 통과하지 못한 부하직원에게 충분한 기회도 안 주고 혹독한 평가를 내린다. 반대로 자기와 닮은 일 욕심 많은 부하직원이 들어오면 위협을 느끼면서 그가 돋보일까 봐 본능적으로 잔업무만 주고는 적당히 '밟아주곤' 한다. 그래서 보통 이런 상사들 밑에는 아주 무난한 성격에 일도 고만고만하게 하는 평범한 부하직원들만이 살아남곤 한다.

진정 유능한 상사는 모든 부하직원들에게 일을 공평하게 주고 그로 인한 공정한 결과물을 피드백 받는다. 부하직원의 가능성을 상사가 믿어주지 않는다면, 그 사람은 또다시 미래 자신의 부하직원에 대한 사랑을 베풀 수 없을 것이다. 부하직원을 키우면서 자신도 성장하는 능동적인 상사가 바람직하다.

위에서 얘기한 두 가지 유형의 상사는 달리 말해 부하직원과의 커뮤니케이션에 서툰 상사들이다. 먼저 그들에게 다가가 '어깨의 불필요한 힘을 빼도 괜찮다, 그래도 나는 당신을 따르며 당신에게 배우고 싶어 하는 부하직원이다.'라고 따뜻하게 마음의 손을 내미는 속 깊은 부하직원이 되는 것은 어떨까? 상사의 마음을 옭아매고 있던 주술이 풀릴지도 모른다. 상사들도 알고 보면 자기모순으로 가득한 나약한 인간이니까.

5인 5색,
유형별 상사 대처법

'어떻게 저런 인간이 그 자리까지 올라올 수 있었을까?'

직장인 과반수 이상이 궁금해하는 질문이라고 해도 과언이 아니다. 하지만 이를 어쩐다? 부하직원은 상사를 고를 수 없다. 고로 부하직원이라면 상사에게 맞출 수밖에 없다. 상사가 싫다, 좋다는 식의 흑백논리로 단정짓지 말고, 같이 일하는 공적인 인간관계라는 점에서 어떻게 부분적 동맹관계를 맺고 유지해갈 것이냐를 고민하면서 부족한 상사와의 공존법을 생각해보자.

1. 일에 무관심하고 무능한 상사라면

어떻게 이 자리까지 올라왔는지 가장 불가사의한 타입. 몇 가지 유추할 수 있는 가능성은 이렇다. 반드시 그 지위에 적합한 조건을 가졌다기보다 운 좋게도 일시적인 실적 증대 덕에 승진한 경우, 연공서열에 따라 자동적으로 그 자리에 도달한 경우, 유능한 사람들이 스카우트되어 하나 둘 빠져나가는 바람에 그나마 회사 돌아가는 사정을 아는 사람으로 자리를 메우다 보니 그 자리까지 올라가게 된 경우가 그것이다.

그 무능한 상사는 일단 명백한 실수를 하지 않는 한 계속 그 자리에 눌러앉을 것이다. 무능하다는 악평 정도로 해고까지 가긴 현실적으로 쉽지 않다.

반드시 이런 상사에게 회사 일을 배워야 할 필요는 없지 않을까? 어깨너머로 다른 상사들로부터 일을 배우거나 독학을 하면 된다. 불행 중 다행으로 이런 타입의 상사 밑에서는 상사를 잘만 구슬리면 당신이 하고 싶은 대로 마음껏 일할 수 있는 환경을 만들 수 있다. '상사의 지도 하에'라고 표면적으로 상사를 치켜세우면서 마이페이스로 일을 추진해나가되 대신 상사가 결과에 대한 책임자라는 것만은 명확히 하면 좋을 것이다.

또한 상사의 의견을 먼저 묻기보다는 본인이 먼저 의사결정을 한 후, "본 건에 대해서는 이런 접근으로 진행하려고 하는데 부장님은 어떻게 생각하세요?"라고 답을 주면서 그에게 의향을 묻는 것이 무능한 상사를 도와주는 일이다. 더 나아가서는 상사를 무시한 나머지 그에게 보고를 빼먹는 일이 없도록 주의하고 보고를 했다는 증거를 남기는 꼼꼼함도 필요하다.

2. 기분파 상사라면

이런 상사라면 부하직원들로부터 사랑과 인정을 받고 싶어 하는 감정이 강할 것이다. 그들은 영웅이 되고 싶어 하기 때문이다. 내가 맡은 업무나 팀 내의 인간관계로 고민하고 혼자서 해결하기가 역부족이라고 느낀다면 기분파 상사에게 해결을 부탁하거나 조언을 구해야 한다. 혼자서 너무 끙끙일 필요가 없다.

최소한의 상식을 가진 상사라면 부하직원의 어떤 고민이든 충분히 귀 기울일 용의가 있다. 사실은 좀 더 직원들이 자신을 허물없이 대해주기를, 좀 더 의지하고 상담을 청해오기를 은근히 기대하고 있다. 맛있는 밥이나 술 사달라며 인간적 친근감을 보여주는 것도 기분파 상사의 마음을 쉽게 얻을 수 있는 방법이다.

그러나 인간적으로 너무 가까워지면 그는 당신을 심복으로 여기고 업무 외의 일을 거리낌없이 시킬 수도 있다. 또 이런 기분파 상사 타입은 회사에 아군만큼이나 적군도 있으니 사적으로 지나치게 가까워지는 것은 조심해야 할 것이다.

이런 기분파 상사는 기분이 가라앉아 있을 때도 있는데, 그의 감정적 리듬을 헤아려서 기분이 좋을 때 주로 접근함으로써 불필요한 갈등을 피하는 게 좋다. 그들은 상태가 안 좋을 때 뭐든지 예민하게 받아들여 그동안 쌓은 공을 무너뜨릴 수도 있다. 결재를 받아야 한다면 그가 기분이 조금 안정되었을 때 "제가 잘 몰라서 그러는데 여쭙고 싶은 게 있어서요." 라며 겸손한 자세로 임하면 좋을 것이다.

3. 소심한 상사라면

실무자 수준의 소소한 것까지 참견하고 알아놓지 않으면 불안해하는 상사. 그들은 좋게 말하면 지나치게 조심성이 많아 대범함이 부족하다. 이들은 과거에 소심한 상사 밑에서 일하면서 늘 초조해하던 습성이 남아 있다. 이런 상사는 귀찮게 여기면 여길수록 더 심하게 참견하므로 그가 닦달하기 전에 먼저 일이 무사히 잘 진행되고 있다고 제때 보고함으로써 안심시켜주도록 하는 것이 상책이다. 피곤하지만 그것도 업무 트레이닝의 일환이라고 생각하자.

소심하면서 잘 삐치기까지 하니 한편으론 철이 없어 보이기도 한다. 같이 일하기 피곤한 스타일이지만 상사가 자신의 나약함을 감추기 위해 더 그런 성향을 보이는 거라고 이해하면 좋다.

4. 자기 출세에만 관심 있는 상사라면

부하직원을 챙기거나 닦달하는 데는 별로 관심이 없고 부하직원을 자기의 손발이며 자신이 돋보여야 할 때의 도구로 생각하는 천상천하 유아독존형 상사. 그의 관심사는 오로지 자기 위에 있는 높은 사람들뿐이다. 그만큼 유능하기도 하지만 냉정할 만큼 개인주의적이다. 부하직원을 감정이 살아 있는 인간으로 취급하지 않는 것은 매우 섭섭하고 정나미 떨어지는 요인이다.

이런 타입과 공존하기 위해서는 일단 무슨 일이 있어도 공개 석상에서 상사에게 반발하면 안 된다. 그에게는 자존심이 생명인 까닭이다. 이런 타입이 한 번 자존심에 상처를 받으면 어떤 일을 저지를지 모른다.

상사가 원하는 만큼의 거리를 두면서 상사로서의 인간성을 기대하지 말고 그의 업무적 스킬을 곁에서 보고 배우는 것만 염두에 두자. 이런 타입들은 일이 서툰 부하직원에게 시키기보다는 본인이 알아서 해치우는 성향이 강하다.

한편 출세 욕구가 강한 상사가 좋아하는 부하직원은 상사에게 실질적인 도움이 되는 사람이다. 파워게임을 좋아하는 상사에게는 수시로 회사 내 돌고 있는 루머나 업계 트렌드 등 실무자 수준에서 얻을 수 있는 정보를 주어서 상사의 이목을 끌 수 있다. 즉, 그에게 쓸모있는 부하가 되는 것이다. 운이 좋으면 덩달아 출세하기도 한다. 이런 상사는 본인이 원하는 자리에 가서야 비로소 인간적인 모습을 보여줄지도 모른다.

이런 상사는 흔치 않지만 가장 나쁜 유형이다. 이 경우 그 상사의 상사에게 문제를 폭로하는 방법이 있지만 매우 조심스러운 일이다. 두 상사의 사이가 안 좋고 서로 견제하는 입장이라면 요령껏 그의 단점을 노출시켜 원하는 바를 얻을 수도 있다.

당신의 상사가 큰 잘못을 저지르고 그것을 은폐하려 한다는 증거를 제시할 수 있다면 더욱 좋다. 하지만 두 상사가 겉으로는 티격태격해도 공통의 정치적인 목적을 공유하고 있다면 힘 약한 부하직원 입장에서 볼 때 그 방법은 자살골이다. 명백한 잘못의 증거가 있음에도 이는 여지없이 은폐될 것이고 당신의 배신 행위는 응징당할 것이다. 정작 회사를 나가게 되는 것은 당신이 될 수도 있다.

어떤 의미에서든 부하직원을 존중하지 않는 악질 상사라면, 가급적 오래 가까이 있어봤자 당신의 에너지만 뺏길 뿐이다. 이런 경우 분하고 억울하다고 해서 '자폭'하기보다 흔들리지 말고 자신의 일을 제대로 해나가면서 이동의 기회를 기다리는 것이 가장 현실적인 방법이다.

곰을 만났을 때처럼 죽은 시늉하며 회사생활을 해보는 것도 수련의 한 방법이 아닐까. 상사를 납득할 수 없어도 내 눈앞의 일을 열심히 해놓고 때를 기다리는 것도 나름대로 내가 성장하는 발판이 될 수 있다. 마음이 무뎌지는 훈련을 또 언제 해보겠는가!

상사를 칭찬할 때,
해야 할 것과 하지 말아야 할 것

사내정치의 달인은 뭐니 뭐니 해도 립 서비스를 자유자재로 하는 사람이다. 교활한 아첨꾼이 연상되는가? 상대가 조금의 의심도 없이 순수하게 기분 좋아지도록 적소 적시에 말할 수 있다는 것은 탁월한 커뮤니케이션 기술이라고 봐도 무방할 것이다.

칭찬처럼 인간관계에서 효과적인 것은 없다. 잘 만들어진 칭찬은 언제 어디서나 상대방과의 관계에서 윤활유 역할을 한다. 이왕이면 평소에 잘 지내면 더욱 좋은 상대인 상사들에게 칭찬의 마술을 부려보는 것은 어떨까?

DON'T 1 | 아부로 둔갑하지 말라

아부란 '아둔한 칭찬'이다. 남들이 다 아는 그 사람의 장점을 굳이 앵무새처럼 반복하면 무슨 감동이 있겠는가? 그것이 아부가 아둔한 칭찬일 수밖에 없는 첫째 이유다. 물론 어떤 칭찬이든 싫다는 사람이야 없겠지만 '아무런 노력도 없이 쉽게 칭찬하는' 느낌이 들면 오히려 흥이 깨지는 건 당연한 일이 아닐까? 또 다른 이유는 아부는 그 내용이 전혀 구체적이지 않고 그저 막연하기 때문이다. 아무런 생각 없이 칭찬하는 노골성은 천박할 뿐만 아니라 영양가 하나 없다.

> 예 1 : (외국에서 MBA 하고 돌아온 상사에게) "영어 너무 잘하세요!
> 너무 부러워요! 어떻게 하면 그렇게 영어 잘할 수 있어요?"
> 예 2 : (밑도 끝도 없이) "정말 대단하세요!"

DON'T 2 | 남들 앞에서 하지 말라

칭찬의 달인이 아닌 바에야 남들 앞에서는 그 어떤 칭찬을 하더라도 '아첨꾼'으로 낙인찍히기 쉽다. 게다가 칭찬받는 상사 또한 민망해져 자연스럽게 그 칭찬의 기쁨을 만끽할 수 없다. 상사 입장에서는 부하직원 야단칠 때 남들 보는 앞에서 하지 말라는 법칙이 있지만, 부하직원도 상사에게 칭찬할 때는 단 둘이 있을 때 마음을 어루만지듯 은근 슬쩍 하는 것이 훨씬 더 효과적이다.

월요일의
그녀에게

DO 1 | 머리를 써라

커뮤니케이션 기술에는 어느 정도의 지능이 뒷받침돼야 한다. 사람들이 보통 칭찬하지 않는 숨겨진 부분, 의외의 성격이나 평소에 몰랐던 성향을 발견했다는 듯이 콕 집어내서 칭찬해주자. 그는 "음, 나에게 그런 면모가 있었군."이라며 스스로도 몰랐던 자신의 면모와 장점들에 대해 깊은 관심과 혜안(?)을 보여준 부하직원에게 자연스럽게 관심을 갖게 될 것이다.

그보다 한 수 위라면 상대가 콤플렉스로 느낄 만한 부분을 끄집어내서 장점으로 해석해주는 것인데 이것은 좀 난이도가 있는 기술이므로 주의를 요한다. 예를 들어 상사가 말주변이 없거나 말이 느리다면, 그것을 생각이 깊고 신중하다는 식으로 풀어서 칭찬하는 것이다. 그는 '그래, 너만은 나를 알아주는구나.'라고 위로받거나 자신감을 되찾으며 기뻐할 것이다. 하긴 세상의 모든 것은 생각하기 나름 아닌가?

DO 2 | 관계 차원에서 칭찬하라

그와 나는 상사와 부하직원이라는 관계로 맺어져 있다. 상사가 가진 장점에 대해 객관적으로 칭송해주는 것뿐만 아니라 그의 장점들이 내게 어떤 영향을 미쳤는지에 대해 부연설명을 한다면 칭찬은 보다 강력해진다. 이렇게 되면 대화 소재가 주로 그의 재능과 업무능력으로 자연스럽게 연결되니 금상첨화다.

예 1 : "전 공짜로 팀장님께 많은 것을 배워가는 것 같아요."

예 2 : "팀장님을 보면 늘 자극을 받아서 저도 더 노력하고 분발하고
싶은 마음이 들어요."

일 잘한다는 칭찬과 더불어 상사들이 가장 듣고 싶어 하는 말은
'당신은 정말 좋은 상사다.'라는 뉘앙스를 풍기는 말이다! 여기서
의 포인트는 이 깜찍한 말을 전혀 깜찍하지 않게 한다는 데에 있
다. 문득 머릿속을 스친 생각인 것처럼 대수롭지 않게 작은 목소
리로 내뱉듯이 말하는 것이다. 가식적이거나 과장된 톤은 어울리
지 않는다. 물론 마음속에서 진정으로 우러나와 그런 말을 한다
면 더욱 좋겠지만.

DO 3 | 간접적으로 칭찬하라

직접적으로 칭찬하는 것도 좋지만 주변 사람들에게 그 대상에 대
해 좋은 이야기를 두루 많이 해놓으면 그것이 자연스레 본인의
귀에 들어가게 마련이다. 간접적으로 듣는 좋은 말은 신뢰감을
줄 수 있다.

참고로 내가 한 립 서비스 중에서 가장 탁월한 효과를 봤던 말
은 바로 이것이었다. "○○ 님과 일하는 것이 정말 즐거워요. 늘 고
맙습니다." 아주 우연히 진정 마음속에서 우러나온 말이었다.

어떤 문제로 골머리를 썩고 있을 때 그 문제를 해결할 수 있는

권한은 그 상사에게 있었다. 따로 어떻게 해주십사 부탁한 적은 없지만 그 문제로 인해 머리가 복잡하다는 것을 전달한 바는 있었다. 소심한 나로서는 그가 이를 '나약한 민원'으로 오해하지나 않을까 전전긍긍 하고 있었다. 그때 그는 흔쾌히 그 문제를 단번에 해결해주었다. 그리고 생색을 내기는커녕 "바보같이 왜 이제야 그 말을 하느냐. 상사는 뒀다 뭐 하냐. 그 문제 때문에 일이 잘 안 될 것 같으면 진즉에 얘기를 했어야지!"라며 내 어깨의 긴장을 빼주셨다.

그때 '상사는 내가 기댈 수도 있는 존재구나.'라고 느끼며 새삼 감격했다. 먹구름이 개고 한순간에 태양이 비추는 상황이 되자 그런 쑥스러운 표현이 자연스레 나온 것이다. 그 순간 그 상사의 얼굴은 상기되었고 난데없는 립 서비스가 민망했던지 "당연한 걸 가지고 뭘……."이라며 껄껄 웃었지만 내심 기뻐하는 걸 알 수 있었다. 그 이후로 그 상사는 내가 하는 일이라면 뭐든 두 말 않고 100퍼센트 믿고 지원해주었다.

그러고 보니 이런 에피소드도 기억난다.

한 외국계 회사에서 지사장이 본사와의 정치적 다툼 끝에 물러나게 되자 팀장들은 일제히 웅성거리기 시작했다. 그 사장은 워낙 카리스마가 강했던 사람이라 더 그랬던 듯하다. 그래서 누가 같이 떠나느냐, 누가 남느냐 한동안 서로 눈치를 봤다. 워낙 갑작스레 결정난 터라 다들 우왕좌왕하는 가운데 한 팀장은 보란 듯이 "이 처사는 너무 부당합니다. 저도 사장님을 따라 나가겠습니다!"며 주변을 놀라게 하고 사장을 감동시켰다고 한다.

아랫사람들은 감탄했고 곁에서 우유부단하게 굴었던 다른 팀장들은 자신들의 모습을 부끄러워했다. 그렇다고 그가 끝까지 추종하겠다고 맹세했던 그 사장이 다른 좋은 곳에 자리를 마련해놓은 상황도 아니었다. 하지만 그 팀장은 곧 바로 먼저 사표를 던져버렸다.

시간이 흘러 그 상황의 배경이 하나 둘 적나라하게 드러나기 시작했다. 그건 사나이의 의리가 아니었다. 그 팀장은 자신의 '라인'을 잃었다는 것 때문에 겁에 질려서 줄행랑을 친 것뿐이었다. 그는 사표 던지고 나서 냉큼 경쟁사에 취직해버렸다. 정말이지 허무한 아부가 아닐 수 없다.

상사의 편애와
동료들의 질투 대처법

부모들은 열 손가락 깨물어 안 아픈 손가락 없다며 자식들을 똑같이 사랑한다고 한다. 그러나 아이들이 자라면서 예쁜 짓하는 자식은 눈에 더 들어오고 말썽 부리는 자식은 눈 밖에 나기 마련이다. 하물며 상사들이야 어떻겠는가. 새로 사원들을 뽑을 때는 같은 마음으로 뽑았을지라도 시간이 지나면 누구누구를 더 아끼고 있다는 게 적나라하게 보인다.

한 후배가 상사로부터 편애를 받는다고 괴로워했다. "지금 자랑하는 거니? 상사한테 찍힌 것보다 백 배 낫지 뭘 그래."라며 전화 건 그녀에게 쏘아붙였다.

"전 회사가 조직이니까 윗사람 말을 존중하는 것뿐이에요. 상사랑 사이가 안 좋아봤자 나한테 이로울 것 하나도 없잖아요. 그런데 주변의 이목이 신경 쓰이고 눈치 보여요."

얘기를 자세히 들어보니 그녀의 딜레마는 그 상사가 사람들이 같이 있을 때도 편애하는 것을 노골적으로 드러낸다는 것이다. 상황이 그렇다 보니 그녀는 자신의 일거수일투족이 신경 쓰이기 시작했다. 아니면 '누굴 등에 업고 저렇게 건방진 거야.'라는 소리를 들을 것만 같다고 했다. 더 나아가서는 선배들도 대놓고는 말 못하지만, 빙빙 돌려 '너무 혼자 튀지 말라.'는 신호를 보내는 것 같은 느낌이 든다고 했다. 그녀는 유능하지만 마음이 여려서 질시의 시선을 잘 견뎌내지 못하고 있었던 것이다.

조직 내에서 뭐든지 잘하다 보면 자연히 튈 수밖에 없다. 그녀는 '8대 2의 법칙'에서 2할에 해당되는 직원으로서 8할의 나머지 사람들을 먹여살리는 거나 다름없음에도 미움받을 경우를 각오해야 했다. 정신없이 일하는 여자들 중에는 일이 다 끝나고 나중에 가서야 자신이 다른 사람들에게 따돌림을 당했다는 사실을 깨닫는 뒷북치는 둔감한 이들도 있는데, 일일이 주변 사람들 신경 썼다가는 본인이 못 견딘다.

2할이라는 입장을 부담스러워하는 후배에게 해줄 수 있는 말은 더없이 간단했다.

"어차피 상사한테 편애받으면 동료들로부터 견제를 당하는 건 당연해. 네가 처신을 잘해서 그 동료들에게 직접적으로만 해를 안 입히면 돼. 그리고 자신감 있고 뻔뻔하게 넘어갈 줄도 알아야 해.”

자신의 행동이 공정하고 떳떳하다면 이제는 유능해서 튀는 것을 두려워할 필요가 없다. 이목의 집중을 받는 만큼 부담도 커서 괴롭겠지만 앞서 나가는 사람은 늘 외롭고 고된 법이다. 특히 사원이나 대리 시절에는 누가 더 잘났는가를 경쟁하기보다는 또래 동료들끼리의 우정과 팀원 간의 화목을 더 중시하는 경향이 있다. 따라서 그 시절에 혼자 잘못 튀면 상당히 마음이 괴로울 수 있다. 하지만 시간이 지날수록 당신을 한때 뒤에서 질시하고 욕하던 이들도 “윗분들이 좋아할 만하군. 확실히 일 하나는 잘하네.”라며 객관적으로 유능함을 인정하게 되고 조금 더 지나면 상황을 수긍하게 될 것이다.

원래 질투라는 것도 비슷한 직급이나 조건을 가졌을 때 생기는 법이다. 저 멀리 미국에 사는 갑부들에게는 아무런 감정이 없지만 한 동네 사는 대학동창이 아파트를 먼저 사서 이사해 나가면 배가 아픈 법이다. 그들이 잘나가는 동료를 흠잡을 동안 그들 사이의 간격은 더 확연히 벌어지게 되고 어느덧 당신은 더 이상 질투의 대상이 아니라 경외의 대상으로 승화되는 것이다. 먼저 승진하게 되더라도 뒷말이 나올 수 없다. 그들은 이제 당신을 욕하기는커녕 남을 지시할 수 있는 입장이 된 당신에게 잘 보이려고 할 것이다.

다만 가끔은 자신의 언동이 경우에 어긋나지 않았는지, 다른 동료들에게 상처를 주고 있지 않았는지 객관적으로 반추해보는 것도 필요하다. 유능한 직장여성 중에는 이따금 공감 능력이 부족한 경우가 있기 때문이다. 일을 잘하는 완벽주의자인 만큼 그렇게 못하는 사람이나 일에서 실수하는 사람에게는 엄격하고 은연중에 상대의 인격을 무시하는 발언을 할 수도 있다. 능력 있는 그녀의 입장에서 보면 실수는 노력 부족으로 보이기 때문이다. 노력을 했다 해도 실수할 가능성은 늘 있다는 것을 인정하지 않기에 상대가 자책하며 힘들어하고 있는데 마치 태만과 집중 부족을 나무라듯 말하면 얼마나 차가운 사람으로 보이겠는가.

건강한 사람, 능력 있는 사람들은 약한 사람이나 능력이 없는 사람의 고통을 잘 알지 못한다. 일만 잘하는 여자는 그래서 두루 환영받지 못한다. 상대의 입장에 서서 마음을 읽고 따뜻한 공감 능력을 가질 수 있다면 더욱 멋진 여자가 될 수 있다.

잘나가는 동료 때문에
자괴감에 빠지지 않기 위해

동료들보다 너무 앞서가서 눈치 보이고 고민스러운 상황이 배부른 소리라고 생각하는 이들도 있다. 바로 잘나가는 동료들의 뒷모습을 바라봐야 하는 평범한 사원들이다.

같은 직급임에도 불구하고 동료가 먼저 승진하면 매우 괴로운 게 사실이다. 그중에서도 가장 괴로운 경험은 입사 동기가 먼저 첫 승진, 즉 대리를 달았을 때가 아닐까 싶다.

나와 단짝친구처럼 지내던 동기가 어느새 한 계단 높은 곳으로 올라가서 나에게 업무를 부탁하고 지시할 수 있는 입장이 될 수 있는 것이다! "축하해."라고 애써 태연한 척하는 나 자신이 안

쓰럽다.

뭐가 문제였을까. 같은 이름의 대학이라도 난 분교 출신이라서? 상사가 퇴근 후 한잔 하자고 했을 때 같이 따라가지 않아서? 아니면 내가 정말 일을 못해서?

다음 승진 기회를 잡으려면 최소한 반년, 보통은 1년이라는 세월을 기다려야 하는데 그동안 그녀와의 간격은 또 얼마나 벌어질까? 조금 있으면 그녀에게는 첫 부하직원들이 생길 것이고 그들은 나와 맞먹으려고 덤빌 것이다!

승진하면 당연히 같이 시켜주고, 아니면 아무도 안 시켜줄 거라고 생각했는데 이런 급작스런 상황전개에는 마음의 준비가 되어 있지 못했다. 일단 축하한다고 말은 했지만 내일부터 그 동료에게 "대리님"이라고 불러야 한단 말인가!

이 쇼크를 채 삭이지 못한 그녀는 엊그제까지만 해도 퇴근 후 같이 요가와 윈도쇼핑을 다니고 심지어 주말에도 만나 브런치를 먹고 소개팅을 함께했던 그 친구를 피해 다니기 바쁘다. 아직은 자존심 때문에 '대리님'이라고 부르기엔 입이 안 떨어지고 그렇다고 예전처럼 굴면 자격지심인 것처럼 보일 것 같아 어떻게 처신을 해야 할지 몰랐기 때문이다.

차라리 자신보다 나이 많은 남자 동료가 먼저 승진했다면 나이 때문에 위에서 봐줬다고 넘어가겠지만 이 경우는 명백히 나의 무능함이 상대적으로 부각되는 승진 누락 케이스였던 것이다.

마음의 여유가 없는 탓에 한동안은 괜스레 졌다는 패배의식과 창피함 때문에 고통을 느낄 것이다. 그러면서 자신의 진가를 알아줄 법한 다른 회사를 알아보며 마음의 위안을 삼고 다른 친구들에게 메신저로 푸념해대기 시작한다. "역시 회사에서 만나는 인간관계의 한계야. 자기 혼자 승진했다고 이젠 은근히 목에 깁스하는 눈치던데……." 그녀에겐 얼마간의 적응기간이 필요할 듯 보인다. 이때 소심한 상사들이 주변에 포진되어 있다면 승진 누락된 사원들이 그녀에게 '대리님'이라고 바로 호칭을 안 바꿔 불러도 반쯤 눈감아주기도 한다.

하지만 적응기간도 길어지면 본인만 손해! 승진한 그 친구는 새로운 책임과 일을 맡아 점점 앞으로 나아가고 있는데 아직도 현재 상황을 받아들이지 못하고 있다면 자신만 제자리걸음을 하는 셈이다. 처음에 부정과 비난으로 시작했던 화풀이는 점차 자신에게로 화살이 돌아오게 된다. 이젠 자신의 콤플렉스를 재료삼아 그녀와 비교한다.

'내 출신대학이 역시 문제였던 거야……'

'내가 그 친구처럼 여성스럽지도 못하고 붙임성도 없어서 아무리 노력해도 봐주질 않을 거야. 저 친구는 원래 남자들한테 인기있는 아이였지. 상사들도 그 애교에 꼼짝 못하고. 나는 왜 이렇게 무뚝뚝한 성격이지?'

한 가지라도 마음에 안 드는 상황이 벌어졌을 때 뭐든지 자신의 콤플렉스와 연결시키는 습관이 들면 곤란하다. 콤플렉스 타령이 현실을 위로하기 위한 진통제처럼 쓰이면 정작 자신이 제대로 극복해야 할 콤플렉스가 뭔지도 알 수 없게 된다.

'누구는 벌써 몇 년 차에 저 정도를 달성했는데……'라며 자신의 처지를 남과 비교하는 것도 자학 취미다. 고민하고 불평할 시간에 '아, 나는 그 친구에 비해 이런 점이 좀 부족했구나. 분발해야지.'라며 묵묵히 힘을 비축해나가다 보면 능력이든, 발상의 전환이든 폭발적인 성과가 나오는 놀라운 순간이 찾아온다. 어떤 이들은 아무리 열심히 일해도 아무도 몰라준다며 투덜대는데, 그 말은 100퍼센트 투정이다. 진심으로 노력하면 본인이 아무리 싫어도 사람들은 당신이 열심히 일하는 모습을 목격한다. 그래도 사람들이 알아주지 않는다면 그 회사는 있을 가치조차 없는 회사다. 하루빨리 다른 회사를 알아보는 것이 현명하다.

덧붙여 남자 직원이 승진하는 것은 봐주지만 같은 여자가 승진하면 배 아픈 심리는 뭘까? 남자 동료에 대해서는 관대하면서 유독 같은 여자 동료들에 대해서만 내심 경계하며 끊임없이 비교하는 것처럼 소모적인 것은 없다. 이런 의식을 갖고 있으면 '여자의 적은 여자'라는 말이 현실화될 것 같아 더욱 두렵다.

회사 내 인간관계는 유한하다. 한때의 동료가 모두 영원한 동료로 남는 것은 아니다. 이렇게 누구는 먼저 승진하기도 하고 누구는 먼저 회사를 나가기도 하면서 저마다의 용량과 페이스대로 자신의 커리어를 쌓아나가고 인생을 살아간다.

긴 안목으로 커리어플랜을 바라본다면 자학적인 비교가 의미 없을 뿐만 아니라 이왕 승진했다면 그것이 내가 친하게 지내던 동료인 것이 훨씬 낫다는 것을 깨닫게 될 것이다. 회사에서 인정받는 사람이 내 편이라는 것은 매우 든든한 일이다. 사람 일은 한 치 앞을 알 수 없어서 시간이 좀 더 지나면 어느덧 당신이 더 높은 직급에 올라 있을 수도 있고 한때 질투 대상이었던 그녀가 이제는 현모양처가 되기를 선택해 경주에서 이탈했을 수도 있다.

그렇다고 해서 물론 더 높은 직급의 명함을 가진 사람이 이겼다거나 더 행복한 것은 아니다. 앞서거니 뒤서거니 하는 수직적인 평가기준으로 재단할 수 없는 것이 인생이니까.

직장생활의 의리와
소영웅주의의 함정

친구 Y가 약간 우쭐해하며 얘기했다.

"우리 부장이 하는 작태를 도저히 못 봐줄 것 같고, 내 밑의 직원들도 불만이 쌓일 대로 쌓여서 내가 그냥 총대 메고 있는 그대로 솔직하게 말씀드렸지."

친구가 걱정된 나는 "웬 소영웅주의? 너한테 피해 가는 것 아냐?"라고 물었다. 다행히 그 부장, 당혹스러워하면서 "그래, 눈치 없는 내가 미처 몰랐구나. 지적해줘서 고맙다."라며 일단 얘기는 잘 끝냈다지만 아무래도 석연치 않았다.

후문으로는 일주일 정도 지나니 그 부장이 아주 기분 나쁜 우회적인 방법으로 그녀에게 업무 관련 불이익을 주었다고 한다. 그녀는 원래 업무능력을 인정받고 있었지만 하루아침에 상황이 역전된 모양이었다.

아마도 부장은 얘기 들을 당시에는 약간 반성했겠지만 헤어져서 돌아서는 순간부터 스멀스멀 언짢아졌을 것이다. 그날 밤 잠자리에 들 무렵이면 그 친구가 한없이 밉고 배신감에 부르르 떨었을 수도 있다. 그 부장이 엄청난 과실로 회사에서 실제로 해고되기까지 그 친구는 그 부장의 괴롭힘으로 소화불량과 우울증을 앓으며 지내야만 했다. 그래도 그걸 버텨낸 것이 대견스러웠다.

한 번이라도 윗사람이 돼본 경험이 있으면 알 것이다. 아랫사람이 내게 싫은 소리 하는 것을 듣는 심정을. 그리고 그게 맞는 말일수록 더욱 못마땅하다. 대부분의 평범한 윗사람들에게는 일이 조금 서툴더라도 자신의 가르침에 순순히 수긍하는 직원들이 훨씬 예쁜 법이다.

그런 까닭에 조직의 사다리란 올라갈수록, '예스맨'들이 점령할 수밖에 없다. 그래서인지 아랫사람으로부터 진하게 한 번 섭섭함을 느꼈다던 어떤 동료는 이렇게 다짐한다.

"앞으론 윗사람한테 무조건 잘하기로 했어. 단 한 가지라도 배울 점이 있다면 그것만 바라보고 따를 거야."

한 직장여성은 자신의 직속 후배가 큰 업무적 과실을 저질러 회사에 누를 끼치게 되었는데 사실 내막을 알고 보니 그 후배의 잘못이 아니었다고 한다. 그녀는 후배의 누명을 벗겨주기 위해 윗사람들에게 손수 나서서 대항했다. 아무래도 그녀가 선배인지라 어느새 윗사람들은 사건의 당사자인 후배가 아니라 그녀와 직접 이 문제의 해결방안에 대해 협의하기에 이르렀다. 선배가 머리를 싸매고 이 문제를 해결해보려고 동분서주하는 가운데 후배는 골치 아픈 그 건에 대해 말끔히 잊고 본연의 업무에 돌아간 듯했다.

어느덧 그 문제는 선배인 그녀 자신의 문제처럼 회사 내외에 인식되기에 이르렀고, 중역들도 일정 부분 책임이 있음에도 이젠 귀찮아졌는지, 너희들이 알아서 해결하라며 그녀와 후배에게 책임을 전가하려 했다.

이에 화가 난 그녀는 자기 직원을 보호해주지 못하는 회사에서는 일할 가치가 없다며 급기야 보란 듯이 사표를 던졌다. 그런데 사태를 이 지경까지 몰고 온 장본인인 그 후배는 사표를 같이 던지기는커녕 언제 그런 문제에 휘말렸냐는 듯이 자기를 위해 몸을 던져준 그녀를 피해 다니기 시작했다.

그녀는 자존심 상하는 것을 무릅쓰고 넌 억울하지도 않냐며 동참을 호소했지만, 오히려 그 후배는 두 눈 똑바로 뜨면서 왜 선배답지 않게 그런 무모한 수를 뒀냐며 그녀를 바보 취급했다. 그 와중에 사표는 단박에 수리돼버리고 말았다.

이제 그 문제는 그녀의 실책으로 남게 되었다. 옮겨갈 만한 자리를 알아볼 여유도 없이 앞뒤 안 재고 저지른 짓이다 보니 하루 아침에 그녀는 바보가 되고 백수가 되었다. 그녀는 자신의 결정을 후회하고 있을까, 아니면 떳떳한 자신의 행동에 만족했을까?

이런 이야기도 있다.

소규모 회사에서 5년째 경리를 담당하고 있는 그녀는 돈을 만지는 입장인지라 사장님과 직접 대화를 나눌 수 있는 위치에 있었다. 하루는 "사장님! 직원들 급여를 좀 올려야 하지 않을까요?"라고 말씀드렸더니 사장은 지금은 우리 회사 형편이 어려워서 힘들고 형편 좋아지면 생각해보자고 말했다.

그녀는 화가 났다. '아니, 회사가 어려우면 똑같이 나중에 급여를 올려야지, 왜 남자들은 따로 먼저 올려줬단 말인가. 사장이 법인카드 쓰는 것만 해도 한 달에 기백만 원인데, 술 한 잔 덜 마시면 되는 돈으로 남은 여직원들 월급 올려주면 되는 것 아닌가.'라는 생각이 들었다.

만약 정의감에 불타는 그녀가 여직원들의 대표격으로 사장을 상대로 협상하려고 들면 어떤 일이 벌어질까? 가뜩이나 돈 만지는 일은 숙명적으로 사장 입장에 설 수밖에 없는 자리인데 그런 입장에서 사장에게 대든다고 생각하면 괘씸죄가 배로 적용될 것이다.

3~5년차 대리쯤 되면 회사 돌아가는 것을 어느 정도 알고 또 회사 어른들의 '구린' 것이 하나 둘 눈에 들어오면서 '정의감'에

불타오르기 쉽다. 또한 부하직원을 처음 거느린 팀장이 되었을 때 마찬가지로 내 밑의 직원들을 지켜야 한다는 일념 하에 자칫 이성적이고 전략적으로 팀을 보호하는 게 아니라 감정적인 선택과 행동을 하게 된다. 그러나 결과적으로 팀원들을 불편하게 만드는 일이 발생할 수도 있다는 점을 유의해야 한다.

아랫사람이 생기면
마음에 새길 두 가지

상사 노릇을 하면서 묘한 기분에 휩싸일 때가 있는데 그중 하나는 내 부하직원이 처음으로 자신의 부하직원을 거느리게 되었을 때다. 그녀는 처음에 의기양양 선배, 상사 노릇 좀 해보겠다고 콧김 세게 불다가 시간이 흐르자 어깨가 축 처지고 시무룩해져서는 불쌍한 얼굴로 내 쪽을 바라본다. 속셈을 훤히 아는 나는 딴청을 부리며 약을 올린다. 그녀 역시 이런 약한 모습을 보이지 말아야겠다는 듯 정신을 바짝 차리고는 다시 태연한 척하다가 결국엔 항복해서 나에게 털어놓고야 만다.

"이제야 그때 팀장님이 하신 말씀을 알 것 같아요."

겉으론 "뭘?" 그랬지만 속으로는 그의 행동이 귀여워 늘어지게 웃었다. 예전에 따로 불러 호통도 많이 쳤던 그 부하직원. 그녀는 닭똥 같은 눈물을 흘리며 "팀장님은 제 마음 모르세요!"라고 상사인 나의 차가운 반응을 원망했었다. '왜 너의 서운한 마음을 모르겠느냐, 약해지지 말라고 일부러 그러는 거지.'라고 말하고 싶었지만 그녀가 언젠가 내 마음을 알아주겠지 하는 일말의 희망이 있었기에 그때는 그냥 가만히 함구했다. 2년여의 세월이 흐른 후 이제 그녀가 내 입장을 몸소 이해하게 된 것이다.

다른 사람을 관리하고 거느린다는 것은 쉽지 않은 일이다. 여자 상사는 아직 상대적으로 소수이기 때문에 바꿔 말하면 그만큼 노력해서 그 자리에 오른 것. 그러다 보니 여자 상사들의 어깨엔 불필요한 힘이 들어가기 십상이다. '혹시 여자 상사라고 얕잡아 보는 게 아닐까?' '날 우습게 보지 않도록 매섭게 다뤄야 해.'라고 무의식적인 방어태세로 들어간다.

네 명의 팀원을 이끄는 팀장이 된 J의 경우가 그랬다.

먼저 회사에서 이미 대리였지만 아랫사람이 없는 대리직이어서 아랫사람을 다뤄본 경험이 없다가 회사를 전직하면서 갑자기 부하직원들을 맡게 된 것. 특히 네 명 중 절반이 자신보다 나이가 한두 살 많은 남자들이라는 것이 은근히 신경이 쓰였다. 약한 모습을 보여주지 말아야겠다며 다부지게 마음을 먹었건만 막상 행동은 이상한 방향으로 엇나갔다. J는 부하직원이 팀 회의에서 멋진 발언을 해도 그의 아이디어의 문제점을 지적하면서 상사인 자신이 더 좋은 아이디어를 내려고 필사적인 모습을 보였다. 또한 부하직원에게 자신과 같은 업무속도를 요구하거나 자신의 업무 스타일을 그대로 강요했다. J는 상사로서 완벽해야 한다고 생각한 나머지 부하직원들을 질식시키고 있었다. 이 정황을 포착한 본부장이 하루는 J를 불러 "부하직원을 신뢰하고 그들에게 전적으로 일을 맡겨라."라고 쓴 조언까지 해야만 했다.

그녀의 정신이 번쩍 들게 한 결정타는 사실 본부장이 아니라한 남자 부하직원의 말이었다. 하루는 그가 J에게 다가오더니 "팀장님은 저희를 싫어하시나요?"라고 진지하게 물었다는 것. 화들짝 놀란 J는 그제야 부하직원은 적이 아니라 나를 지탱해주는 사람들이라는 것을 깨달았다. 경계심 없이 더 순수한 마음으로 아랫사람에게 의지하면 서로 편했을 텐데 말이다.

J처럼 좋은 상사가 되고 싶지만 막상 행동이 의도와는 달리 엉뚱하게 나와버린다면 다음 두 가지 기본 원칙을 마음에 새겨보면 어떨까?

첫째, 상사는 부하직원에게 성공을 체험하게 해줘야 한다. 일단 일을 줄 때는 팀원들 간에 공평하고 균형 있게 배분하는 것이 필요하다. 또한 부하직원에게 과감히 일을 주지 못하는 습성을 버리고 한 번 맡기면 도중에 너무 참견하지 않고 끝까지 맡긴다. 대신 부하직원이 먼저 나에게 중간 중간 보고를 하고 자발적으로 상사의 의견을 참조하는 분위기를 만들어야 한다. 상사를 필요로 할 때 언제든지 가벼운 마음으로 상담할 수 있는 분위기를 조성한다면 부하직원은 쉽게 나에게 도움을 요청할 수 있을 것이다. 상사는 본래 가이드라인을 제시하고 나머지는 부하직원이 독립적으로 실력을 발휘할 수 있는 범위에서 개입하는 것이 좋지만 정말 곤란에 빠진 것 같으면 혼신을 다해 부하직원을 지원해야 한다.

상사가 부하직원을 훈련하는 것은 두발자전거 타기를 가르치는 것과 같다. 처음에는 뒤에서 '나 여기 있으니까 염려 마!'라며 잡아줌으로써 중심 잡는 것을 도와준다. 그리고 부하직원이 자신의 호흡과 감각으로 자전거 페달을 돌릴 수 있도록 유도한다. 부하직원은 혼자 용기 내서 페달링을 시작할 것이고 자전거가 움직이는 것을 느끼며 자신감을 얻어서 더 멀리 나아갈 것이다.

상사는 자전거 뒤꽁무니를 계속 잡으며 같이 뛰어가고는 있지만 실은 이미 처음부터 손을 어느 정도 놓은 상태다. 하지만 그 뒤를 계속 쫓아가는 이유는 그 부하직원이 넘어지려는 찰나에 언제든지 붙잡아줄 만반의 준비를 해야 하기 때문이다. 그것은 부하직원이 언제든지 실수할 수 있다는 개연성을 받아들이고 마지막으로 최종적인 책임은 상사인 당신이 진다는 것을 의미한다.

이렇게 자신을 티 안 나게 지원해주면서 능력을 최대한으로 발휘할 수 있도록 도와주는 상사에 대해서 부하직원은 절대적인 신뢰와 존경을 가지고 최선을 다해 일할 것이다.

둘째, 무슨 일이 있어도 상사는 전력을 다해 부하직원을 외부의 풍파로부터 막아줘야 한다. 부하직원에 대한 상사의 맹목적인 사랑은 그 부분에서 여실히 드러나고 자신이 보호받고 있음을 감지한 부하직원은 마음속으로부터 상사에 대한 존경심과 사랑을 느낄 것이다. 이것이 쉬운 일이 아닌 까닭은 자기 자신을 넘어 타인을 지킬 수 있으려면 그만한 힘을 비축해두지 않으면 안 되기 때문이다. 힘이란 상사 개인의 업무능력, 중역들로부터의 인정, 그리고 감정을 잘 다스릴 수 있는 통제력 등을 의미한다.

일하다 보면 자신의 부하직원을 다른 팀이나 중역들이 괴롭히는 경우가 종종 발생한다. 팀 이기주의로 비쳐질지라도 일단 상사의 입장이라면 자신의 부하직원을 맹목적으로 지켜내야 한다.

혹자들은 "내가 무슨 힘이 있겠어? 회사가 원하면 할 수 없잖아……."라면서 뒷걸음질만 치고 부하직원을 제물로 바친 채 자기 자신만 '보신'하려고 한다. 비단 해당 부하직원뿐 아니라 다른 직원 그 누가 보더라도 어떻게 그런 상사를 믿고 일을 열심히 하겠다는 생각을 할 수 있을까. 따라서 부하직원을 보호해줄 수 있으려면 상사는 늘 어느 정도 사내에서 협상력을 비축하고 있어야 한다.

상사와 부하직원의 관계는 공적인 영역에서 스쳐지나가는 인연일 뿐이라고 말하는 사람들이 있지만 이는 진정 끈끈한 상사와 부하직원 관계를 경험하지 못해서 나오는 말이다. 관계의 한계를 극복하고 신뢰와 존경으로 형성된 상사와 부하직원 관계만큼 감동적인 게 또 있을까?

상전처럼 구는
부하직원 길들이기

앞에서는 상사와 부하직원 관계의 아름다움(?)에 대해 얘기했지만 모든 일이 핑크빛으로 돌아가는 것은 아니다. 현실 속에서 부하직원과의 관계가 악몽처럼 느껴지는 경우도 있다.

주류회사에 다니는 H 과장은 부하직원 K 대리 때문에 밤에 잠을 못 이룬다. 이유인즉 K 대리가 자신을 과장으로 대우해주지 않기 때문.

K 대리는 이름을 두어 번 불러도 못들은 척하고 있다가 H 과장이 K 대리 자리 쪽으로 가서 말해야 비로소 고개를 돌린다. 그뿐만이 아니다. 뭘 시키면 "이거 과장님이 하셔야 하는 거 아닌가

요? 저 지금 너무 바쁜데⋯⋯."라며 일일이 토를 달고 외부 고객이나 제휴사가 방문해도 본인이 실무자랍시고 H 과장을 소외시키고 알아서 미팅을 진행하는 것이다.

점심시간에도 자기 아래 직원들을 늘 데리고 다니면서 H 과장을 따돌리니 H 과장은 공유해야 할 정보는 물론이고 팀원들로부터도 소외당하고 있었다. K 대리의 눈치를 봐야 하는 상태에 이르자 H 과장의 스트레스는 폭발하기 일보 직전이 되었다.

K 대리는 왜 이렇게 안하무인격으로 행동하는 것일까? 그리고 H 과장은 왜 본인이 상사임에도 불구하고 그녀 앞에서 한없이 작아져야 하는가? 그 배경에는 K 대리를 예뻐하는 두 사람의 상사, 즉 팀장의 존재가 있었다. 물론 K 대리는 남자 상사인 R 팀장에겐 간이라도 빼줄 듯하다가 H 과장에게만 도끼눈 뜨는 격이었다. 게다가 K 대리는 자기 일도 빠릿빠릿하게 하는 편이니 H 과장은 R 팀장에게 K 대리의 안하무인격 행동을 일러바칠 수도 없다.

H 과장은 팀의 일에 대한 통솔권도 없으면서 아랫사람들에게는 상사 노릇을 해야 하는 어정쩡한 샌드위치 신세인 자신의 처지가 싫었다. 게다가 영원히 군림할 것 같은 R 팀장 밑에서 대체 어느 세월에 승진해서 팀장 한번 해볼 수 있을까?

누구나 한 번쯤은 이렇게 '낀 상사' 시절을 보낼 것이다. 팀장과 대리 사이에 낀 과장만 존재하는 게 아니라 과장과 사원 사이에 낀 대리, 부장과 과장 사이에 낀 차장, 상무와 부장 사이에 낀 이사, 사장과 상무 사이에 낀 부사장들도 있다. 물론 지위 상으로는 낀 입장이지만 오히려 이득을 누리는 이들도 있다. 만약 팀장이 악덕 팀장이라면 과장이 심리적 지지대가 되어 팀원들과 사이 좋게 지내며 실질적인 팀장 노릇을 하는 수도 있고, 2인자인 과장이 오히려 1인자인 팀장과 너무 친해서 아랫사람들이 범접하지 못한다면 그건 그것대로 심신이 편하다. 하지만 역시 손발이 잘 맞는 두 상사와 부하직원 사이에 낀 '중간 상사'의 처신법은 쉽지만은 않다. H 과장은 어떻게 생존해나가야 할까?

첫째, 자신의 권리를 다시 찾아오도록 한다. 자신이 반드시 참석하고 책임져야 할 미팅에 빠진다는 것을 용납하지 말라. 아무리 K 대리가 "뭐 별 얘기한 것도 없는데요. 어차피 회의기록 열람하실 거잖아요?"라고 쉽게 대꾸하고 넘어가려고 하더라도 결과에 대한 책임은 과장인 나에게 있다고 다시 명시하고 필요하다면 팀장 참조로 이메일을 보내도록 하자. 팀장도 그 직급까지 올라갔다면 공과 사를 구분할 정도는 될 것이다. 지레 K 대리의 행동에 겁먹을 필요가 없다. 사적인 감정을 배제하고 과장으로서의 당연한 권리와 책임만을 다시 찾아와서 무너질 위기에 있던 체계를 다시 잡아야 한다. 팀장도 보고체계가 무너지는 것을 원치는 않을 것이다.

둘째, 더욱 유능해지도록 한다. K 대리의 업무실력이 흠잡을 데가 없어서 그녀를 다루기가 더 어렵다면 그보다 더 유능해지는 수밖에 없다. 이렇게 결과적으로 부하직원이 상사를 키우게 되는 경우는 많다. 상사는 K 대리가 취약한 업무 부문에서 두각을 나타내는 것이 좋다. 비단 K 대리를 겨냥해서 능력을 키우기보다는 팀 전체를 놓고 봤을 때 "H 과장은 이런 일에 꼭 필요한 사람이야."라는 소리를 들을 수 있는 것이 최소한 세 가지는 되어야 한다. 반면 적어도 이런 소리는 듣지 말아야 한다. "돈은 돈대로 들면서도 별 역할 못하는 과장보다 빠릿빠릿한 대리나 사원이 백배 나아."

과장이 팀 내의 2인자로서 팀장의 오른팔 역할을 소화해내야 하는 것은 당연하다. 사실 유능하지 않고는 부하직원들의 진심어린 존경은 받을 수 없다는 현실을 직시해야 한다.

셋째, 팀장과 잘 지내도록 한다. 보다 과장다운 매너로 팀장과의 사이를 더욱 돈독하게 만들어야 한다. 업무로 신뢰감을 주는 것은 물론, 아랫사람들한테는 쉽게 얘기 못하는 고충을 오른팔인 과장한테는 얘기할 수 있는 분위기를 조성하도록 한다.

팀장과의 사이가 서먹한 이유를 분석해서 두 사람 사이의 간격을 좁히는 방법을 강구해보는 것도 좋다. K 대리처럼 결정권자하고만 잘 지내고 과장은 허수아비로 여기는 오만한 태도를 일축하기 위해서도 팀장과 최소한 잘 지내는 척이라도 해야 한다.

넷째, 견딜 수 있을 만큼 견디자. 위와 같은 일련의 상황 변화를 위해 노력하는데도 불구하고 마음 가는 대로 되지 않는 것이 회사 문제이기도 하다. 하지만 변화는 의외의 곳에서 찾아오기도 한다. 팀장이 퇴사하고 새 팀장이 와서 팀의 역학구도가 바뀔 수도 있고 팀장 공백 시 과장의 전권 하에 팀이 운영될 수도 있다. 혹은 K 대리가 팀장에게 하루아침에 신임을 잃어버릴 수도 있다. 회사에서의 상황은 변할 수 있으니 이 상황이 영원히 지속될 것이라고 자학하지 말기를. 본인이 최선을 다했는데도 변화가 없다면 시간을 견뎌내는 것이 대안일 수도 있다. 시간이 흐르면 사람과 상황은 변하기 마련이다.

다섯째, K 대리의 약해진 틈을 노려라. K 대리는 아무리 노력해봤자 대리이고 과장은 과장이다. K 대리처럼 자신감 넘치는 스타일은 그 자신감 때문에 언젠가 한 번 큰 실수를 할 것이다. 과장에게도 대드는 스타일이라면 동료들이나 부하직원들도 과히 그녀를 편한 사람으로 보지는 않았을 터. 은근히 그녀의 실패를 기다리는 사람들이 많을 것이다.

중대한 실수라면 아무리 평소에 K 대리를 총애하는 팀장이라도 그녀를 나무라지 않을 수 없다. 게다가 과장에게 중간보고를 안 했다면 모든 책임은 K 대리가 져야 하는 상황이니 이중으로 사면초가일 것이다. 이때 H 과장은 속으로는 '쌤통'이라고 고소해할지언정 겉으로는 이 세상에서 가장 이해심 많은 과장의 모습으로 K 대리에게 다가가야 한다. K 대리가 한창 약해진 틈을 타

서 그녀를 위로해주고 다시 일어날 힘을 북돋아준다면 K 대리가
H 과장을 바라보는 시선은 달라질 것이다. 그때 H 과장은 비로
소 과장이라는 직함이 가진 무게를 느낄 수 있을 것이다.

좋은 팀워크를 이끌어내는
대화법

나는 부하직원이 입양한 자식처럼 생각된다. 상사와 부하직원의 관계는 서로 사랑과 믿음을 주고받는 훈련을 해야 하는 사이이자 세월이 흐르면서 미운 정 고운 정 다 드는 사이라고 할 수 있다. 얼마나 양질의 의사소통을 할 수 있느냐가 역시 관계를 성공적으로 이끄는 열쇠다.

도대체 혼자 무슨 생각을 하고 있을까 도저히 의중을 알 수 없는 상사는 부하직원에겐 멀고 어렵다. 부하직원의 생각, 팀 내부에서 돌아가는 세세한 정황 등 업무에 필요한 정보를 폭넓게 얻기 위해서 상사는 자신의 의견 그리고 회사방침이나 중역들의 의지 등의 정보를 적극적으로, 그리고 가급적이면 전 팀원을 대상으로 공평하게 개방할 필요가 있다. 커뮤니케이션 채널을 늘 개방하고 부하직원들을 일상적으로 접하면 그들의 장점과 약점을 보다 긴밀히 파악할 수 있다.

상사가 부하직원에게 반드시 제공해야 하는 정보 중 하나는 부하직원들의 업무에 대한 피드백이다. 부하직원들은 자신들이 공들여 한 일에 대해 상사의 합리적인 평가와 판단기준을 듣고 싶어 한다.

"됐어. 놓고 가!" 하고는 감감무소식이라면 자신의 업무가 대체 어떤 평가를 받고 있는지, 도움이 되고 있는지 알 길이 없기 때문에 답답하고 일할 의욕도 안 생긴다.

업무에 대한 판단기준이 공평하고 투명하며 일관성이 있는지도 부하직원들이 유심히 지켜볼 것이다. 상사가 개방적이고 공평한 태도로 부하직원들을 대한다면 부하직원들도 상사를 이해하고 자기 일을 더 열심히 할 수 있다.

상사에게 그 이상으로 필요한 것은 부하직원의 이야기를 잘 들어줄 수 있는 널찍한 귀다. 부하직원들은 늘 어린아이들처럼 자신을 이해해달라는 욕구, 자신의 존재가치를 인정해달라는 욕구를 가지고 있다. 상사로서 절대 해서는 안 되는 행동이 있다. 당신의 상사 앞에서 부하직원의 의견을 묵살하는 것인데, 부하직원은 진심으로 크게 상처를 입는다.

부하직원을 야단치는 것도 어린아이를 다루는 것처럼 하는 것이 좋다. 잘못이나 실수를 하면 바로 그 순간에 지적해야 하고 왜 그런 식으로 일하면 안 되는지 그 이유를 논리적으로 차근차근 설명해줘야 한다. 맨 먼저 잘못을 한 부하직원의 행동에 대한 사실 여부를 확인하고 실수의 원인이 된 부하직원의 행동을 구체적으로 지적한다. 그다음에 부하직원의 행동이 미친 부정적 결과를 전달하고 문제의식을 공유하도록 한다. 그다음에는 같은 실수가 반복되지 않도록 개선책을 같이 고민하고 성장할 수 있는 방향을 제시하도록 한다.

단, 이때는 구체적으로 일을 지시하기보다는 혼자 힘으로 해결방법을 생각할 수 있도록 가이드라인을 제시하는 정도로 도움을 주는 것이 좋다. 한 가지의 실수를 놓고 보더라도 근본적인 이유가 전혀 다를 수 있기 때문이다.

예를 들어, 의욕이 넘치는 부하직원이라면 흡수가 빠른 대신 빨리 질리기도 한다. 따라서 맡은 일을 다 하기 전에 더 흥미로워 보이는 일이 있으면 그쪽으로 달려드는 성향이 있어서 자신이 맡은 '작아 보이는 일'이 얼마나 큰 일에 연결되어 있는지를 깨닫게 해줘야 한다.

신중한 마이페이스형 부하직원은 일을 안 하는 건 아니지만 결과적으로 팀 전체의 페이스를 무너뜨릴 수 있다. 스스로 결과물이 완벽하다고 생각할 때까지 혼자서 일을 싸안고 숨어서 일하기 때문에 이런 직원과는 정해진 시간에 보고를 받는 시스템을 새로 정립해야 한다.

야무진 브랜드 매니저 C 팀장은 상사로서 성공했던 자신의 대화비법을 이렇게 전하기도 한다.

"나는 주로 부하직원들에게 '왜' 혹은 '왜 그렇게 생각하는지' 등을 집요하게 물어보는 편이에요. 질문을 한다는 것은 상대가 말하고 있는 것을 진심으로 이해하려는 행동이거든요. 어떤 부하직원들은 처음에는 어색해하면서 깐깐하다고 질색하기도 해요. 우리나라 조직문화가 토론보다는 주로 상명하복에 익숙해서 그런 것 같아요. 하지만 이렇게 집요하게 질문하고 또 질문하는 것이 부하직원에 대한 나만의 사랑표현법이에요. 사실 팀 내의 비전을 공유하려면 깊은 대화를 하지 않고는 불가능하거든요. 서로에게 질문하면서 같이 생각하고 고민해야 현실의 문제를 제대로 인식하고 공유할 수 있어요. 팀이 단결되지 않고 각자 일하는 것은 상사가 이런 커뮤니케이션을 타협하기 때문이거든요."

그녀는 또한 부하직원의 동기를 자극하는 커뮤니케이션은 늘 기회가 있을 때마다 아끼지 않고 취한다고 말한다. 칭찬에도 순서가 있다. 말문을 열 때는, "정말 잘했다." "수고가 많구나." 등의 추상적인 말로 칭찬한 후 "특히 이렇게 처리한 것이 탁월한 선택이었어." "이런 점에서 너의 가능성을 확인할 수 있었어." 하는 식으로 잘한 점을 좀 더 구체적으로 전달한다.

그러나 경우에 따라 개선이 필요한 점도 구체적으로 함께 지적해주면 좋다. 그리고 마지막으로 칭찬의 마무리는 미래지향적인 격려 한 마디면 충분하다. "○○ 씨가 있어서 팀이 힘을 얻는 것 같아."

부하직원은 상사의 칭찬에 큰 힘을 얻는다고 해도 과언이 아니다. 부하직원들이 탈수 증상에 허덕이지 않도록 상사들은 늘 그들에게 관심을 기울여야 할 것이다. 사회에서 만난 전혀 공통점이 없는 타인이라도 이렇게 사랑과 믿음으로 똘똘 뭉칠 수 있음을 경험하는 것은 회사생활에서 최고의 희열이다.

체질적으로 안 맞는 사람과
공존하는 법

딱히 그 사람의 무엇이 마음에 안 드는지 알 수 없지만 왠지 모르게 안 맞는 사람들이 있다. 그렇다고 그가 만인에게 따돌림 당하는 사람도 아니다. 그러면 차라리 미워하는 이유가 명확할 텐데 이건 유독 '나하고만' 체질적으로 안 맞고 생리적으로 거북한 것이다. 물론 상대방에게 나도 그런 존재일 수 있다.

같은 직장에 이런 사람이 있으면 은근히 괴롭다. 왠지 정이 안 가는 것 정도가 아니라 그냥 이유 없이 싫다. 그러니 이유를 알아야 개선의 여지라도 있을 것 아닌가.

사실 엄밀히 따져보면 이유가 없는 것은 아니다. 가치관과 사고방식, 인생의 우선순위가 너무도 다르니 일단 대화가 안 통했고 서로의 말은 늘 선입견을 쌓기에 충분했다. 관계를 개선시켜 보고자 진지한 대화도 나누고 업무도 함께 해보려고 했지만 그렇게 할수록 오해가 쌓이는 바람에 대화하기가 더 꺼려지고 일은 꼬이기만 했다.

가뜩이나 서로에게 막연한 거부감을 가지고 있는데 자칫 더 얽혔다간 원수가 될 것 같았다. 그 와중에 상대를 미워하는 마음도 버텨내기 힘들었지만, 동시에 자신에게 중대한 문제가 있는 게 아닌가라는 생각이 들지 않을 수 없었다. 예민한 타입이라면 이 문제로 끙끙 앓고 어떻게든 내 마음 하나 훈련해보겠다고 그 상대를 좋아해보려고 애쓸지도 모르겠다.

위의 이야기는 한때 나의 케케묵은 고민이기도 했는데 사태를 간파한 한 직장 선배가 단번에 고민을 날려주었다.

"그냥 싫은 사람과 사이좋게 지낼 수 있는 방법? 없어! 노력하는 것 자체가 의미가 없다니까!"

그 말을 듣는 순간 사지에 기운이 빠지는 기분이었지만 마음은 어찌나 가벼워지던지. 그리고 이어지는 선배의 말.

"넌 네가 이렇게 최선을 다하는데 왜 상대방이 마음을 안 여는지 답답하고 분통 터지지? 그런데 너 그것 아니? 너도 기가 꽤 센 아이라서 상당히 다가가기 힘든 스타일이야. 누구하고나 둥글둥글하게 잘 지낼 수 있는 타입이 아니라고. 네가 둥글둥글한 척해

봤자 가시 돋힌 부분들이 있다는 것도 웬만한 사람들은 다 간파하거든!"

그 말을 듣자니 조금은 서글픈 고슴도치 같은 심정이 되었다. '내가 그렇게 드세고 냉정하게 보인다는 말이죠, 선배…….' 눈치 빠른 선배는 나의 시무룩함을 바로 감지하고 덧붙였다.

"그런데 너의 그런 성격 때문에 너를 정말로 좋아하는 사람들이 있는 것도 사실이야. 그러니까 어떤 이들로부터는 미움받고 어떤 이들로부터는 사랑받고 그러는 거야."

나 그대로를 인정하고 그것이 인간관계에 미치는 영향을 받아들이라는 조언이었다.

하긴 우리는 자라면서 모든 사람들과 사이좋게 잘 지내야 하는 게 어른, 혹은 여자의 도리라고 배워왔다. 그러나 현실에서는 체질적으로 안 맞는 사람들과 사이좋게 지내려고 해도 서로 스트레스만 가중될 뿐 이미 벌어져 있는 사이가 좁혀지지는 않는다.

무조건 사이좋게 지내야 한다며 정면 돌진하는 것보다 서로 다른 일로 부딪치는 기회를 최소화하고 일 얘기만 한다든가, 반드시 다른 사람을 포함시켜 일을 진행하는 등의 방법을 활용하는 것이 더 바람직할 것이다.

싫은 사람과의 교제로 마음고생 하느니 좋아하는 사람, 나를 성장시켜주는 사람과 좋은 관계를 유지하는 데 시간과 에너지를 집중하는 것이 훨씬 더 의미 있다. 이것은 절대 직무유기가 아니다.

무리해서 조직 내 인간관계에 과다한 에너지를 쏟아붓는 게 더 비생산적인 처사다.

　일을 잘하는 사람은 책상정리를 잘하는 것처럼 실은 인간관계에 있어서도 중간 중간 정리를 해나가며 살아간다. 어차피 포기해야 할 인간관계라면 눈 딱 감고 쓰레기통에 넣어버리자. 최소한 인간관계에 관한 한 완전한 회사란 존재하지 않는다.

4장

운명을 바꾸다:
성공적인 전직과 재충전

직장,
옮겨야 할까?

그 어떤 직장인이라도 1년에 한 번은 직업적 슬럼프에 빠진다. 다니고 있는 회사에 대한 애정이 식으면서 회사의 모든 인간들이 나 내가 지금 맡은 일이 시시하고 의미 없이 느껴진다.

이것이 하루 이틀의 문제라면 스트레스가 생길 때마다 취미활동이나 스포츠 혹은 사교모임으로 풀어서 없애볼 수도 있다. 허물없이 지내는 동료와 술잔을 기울이며 밥벌이의 덧없음을 하소연해볼 수도 있다.

그러나 이런 증상이 한 달 이상 장기화되는 조짐이 보이면 이 직장을 떠나야 한다는 생각에 엉덩이가 들썩이고 불안해지지 않을 수 없다. 하지만 서른을 바라보는 나이에 딱히 뭔가를 하고 싶은 것도 아니고, 특출한 능력도 자격도 없다. 마음 한구석에서는 지금이라도 늦지 않았으니 새로운 걸 시작하려면 지금 당장 행동에 옮겨야 한다는 생각으로 전직의 유혹에 흔들리게 된다. 하지만 주변 친구나 동료들의 행보를 보며 우리는 다시 한 번 많은 고민에 빠지게 된다.

명망 있는 회사에 다니던 W가 회사를 그만두고 플로리스트로 직업을 바꾸겠다며 당분간 밥벌이 없이 학원에 다니기 시작했을 때, 그녀의 친구들은 그녀가 몇 달 방황하다가 다시 재취업할 것으로 예측했다. 당분간은 백수로 지내야 하는 그녀가 안쓰러워 보이기도 했다.

하지만 최근까지 멋진 커리어우먼처럼 하고 다니던 그녀가 청바지에 부스스한 모습으로 잠깐 모임에 나타났는데, 그녀는 친구들의 우려와 달리 매우 즐거워 보였고 활력이 넘쳤다. 하고 싶은 것을 하고 있다는 충족감이 표정에서 넘쳐흐르는 그녀를 보고 다들 말은 안 하지만 내심 부러워했다. '나도 저렇게 내가 좋아하는 것을 하면서 살고 싶은데……. 하지만 내가 뭘 할 수 있지? 내가 뭘 좋아하는 게 있기라도 해? 생각해보니 난 참 개성 없는 여자였구나.'라며 찜찜한 마음으로 며칠을 지냈다.

그러다가 다른 사례를 목격하면 자존심이 바로 회복된다.

미국계 증권사에 다니는 또 다른 친구 N이 상사와의 트러블을 계기로 조금 쉬고 싶다며 홧김에 사표를 내고 말았던 것이다. 능력 있는 친구라 별 걱정 안 했다. 역시나 바로 다른 회사에 취직했는데 이번에는 얼마 못 가 업무가 단조롭고 새로 배우는 게 없다며 뒤도 안 돌아보고 그만뒀다. 이런 식으로 2년 안에 세 번씩이나 전직을 반복했다.

"세상에는 참 여러 가지 회사가 있는 것 같아. 나한테 맞는 회사는 기다리는 게 아니라 내가 찾아다니는 거야."

그녀가 웃으며 경험담을 얘기하지만 친구들은 그녀가 첫 회사를 때려치운 것을 속으로 엄청 후회하고 있다는 것을 느낄 수 있었다. 전직을 반복하면서 이전 회사보다 인지도와 규모가 떨어지는 곳에 몸담고 있었던 것이다.

성공적인 전직의 열쇠는 현재의 회사생활에서 얼마나 불행하고 불만족스러운가가 아니라 새 회사에서 얼마나 행복하고 만족할 수 있느냐에 달렸다.

우리는 당장 현재의 회사생활이 불행할 때 전직이라는 화려한 도피를 생각한다. 그러나 쫓겨가듯 회사를 옮기는 도피형 전직은 불행의 지름길이다. 현재의 불행과 불만으로 온통 머릿속이 가득찬 탓에 신중한 고민 없이 급한 대로 취업사이트와 헤드헌터에게 연락해 현재 나와 있는 매물 중 가장 나아 보이는 곳으로 탈출을 했다 한들 더 나아질 것도 없다. 새 회사에서도 같은 상황에 빠지기 십상이기 때문이다.

더 나아가서 도피형 전직이 반복되면 잡 호퍼job hopper가 되어 이력서를 통해서도 판단력과 인내심의 부족이 드러나기에 결과적으로 합격하는 회사의 질이나 조건이 점점 나빠지고 업무 만족도도 떨어지게 되는 악순환으로 치닫는다.

커리어의 목적이 명확한 사람은 전직에서 다음의 세 가지 사항을 고려한다.

- 새 회사에서 내가 하고 싶은 일을 할 수 있는가.
- 내 능력이나 경험을 충분히 활용해서 업그레이드시킬 수 있는가.
- 새로운 경험이나 능력을 배울 수 있는가.

회사를 그만둔다고 반드시 새로운 인생이 내 앞에 펼쳐지지는 않는다. 일하는 여자에게 전직이라는 유혹은 독이 될 수도 있고 약이 될 수도 있다. 나는 기본적으로 전직을 찬성하는 쪽이지만 그것이 능동적이고 미래지향적인 전직이기를 바란다.

다음 단계의 커리어에 대한 청사진이 없는 상태에서 홧김에 회사를 옮기는 것은 성급하다. 자신의 목표가 뚜렷이 서 있지 않는 한, 어딜 가나 3개월만 지나면 대개 회사가 맘에 안 들고 일도 재미없고 회사 동료들도 몇몇을 제외하고는 마음에 안 들 것이기 때문이다.

전직을 생각하게 되는
다섯 가지 이유

전직 결정의 주안점을 새 회사에서의 가능성에 둬야 하는 것은 맞는 이야기지만, 우리가 현실적으로 처음 전직을 의식하는 계기는 현재 다니는 회사에 불만이 있는 경우가 대부분이다. 지금 다니는 회사에서 아무 문제가 없다면 누가 봐도 놓치기 아까운 전직 기회가 먼저 찾아오지 않는 한 전직이라는 두 글자를 머리에 쉽게 떠올리긴 힘들 것이다.

그렇다면 전직을 생각하게 만드는 계기들 중 어떤 징조를 진지하게 받아들여야 할까?

- 직장 내 인간관계의 문제
- 도저히 출근할 수 없는 건강상의 문제
- 비전과 미래가 안 보이는 업무내용
- 내 적성과 안 맞는 업무내용
- 내 성향과 안 맞는 조직문화

아마 이 다섯 가지가 회사를 그만두거나 옮기고 싶어 하는 주요 이유라고 봐도 무방할 것이다. 그밖에 흔한 이유로 '그냥 지쳤다. 무작정 쉬고 싶다.'는 것도 있지만 이것은 위의 이유 중 몇 가지가 합쳐져 생겨난 것이고 '연봉이 짜서'라는 이유도 있지만, 그것 역시 다른 이유와 연관된 경우가 많다.

위의 다섯 가지 주요 전직 사유 중에서 악화된 건강과 체질적으로 안 맞는 조직문화라면 전직을 생각하는 것이 충분히 납득된다. 일단 지금 회사를 이대로 더 다니다간 정신적으로나 육체적으로 병이 날 것 같다면 그때는 그만두는 것이 현명하다. 무엇보다도 몸은 이유 없이 아프지 않는다. 몸이 주는 메시지를 무시하면 심신의 균형이 깨지면서 더 걷잡을 수 없는 상태가 된다. 나이 들어 꾀만 늘어가는 자신의 머리를 믿지 말고 이럴 때는 솔직하고 우직한 몸이 보내는 신호를 믿어야 한다. 두 가지를 스스로에게 물어보자. 당신은 밤에 잘 자는가? 그리고 당신에겐 식욕이 있는가?

3개월 이상 수면제가 필요할 정도로 불면증에 시달리거나 식욕부진이나 소화불량으로 체중이 갑자기 늘거나, 혹은 빠지거나, 그냥 이유 없이 시름시름 앓는다면 뒤도 돌아보지 말고 그만두고 쉬는 게 상책이다.

하지만 아무리 입으로는 불평하고 몸이 천근만근일지언정 하루 세 끼 밥은 꼬박꼬박 챙겨 먹고 누웠다 하면 곯아떨어진다면 식이요법이나 운동으로 체력만 회복되어도 의외로 지금 하는 일이 적성에 맞을 수 있다. 쉽게 말해 건강의 가장 기본인 잘 먹고 잘 자는 것에 지장을 받을 정도라면 지금 하는 일을 멈추거나 수정해야 함을 암시한다. 팀을 옮기든가, 담당업무를 바꾸든가, 회사를 옮기든가 등의 극단적인 조치를 취해야 한다는 신호다.

한편 회사 분위기, 즉 조직문화에 대해 거론하는 것은 얼핏 배부른 소리처럼 들리지만 이것은 보기보다 꽤 심각한 문제다. 조직문화와 구성원의 성향을 내 힘으로 바꾸기란 불가능하고 도리어 그 문화에 내가 맞춰야 살아남을 수 있기 때문이다. 조직문화가 내 성향과 전혀 안 맞는다면 내가 신나게 일할 수 있는 분위기가 아니므로 시간만 때우는 결과를 낳기 마련이다. 그런 직장에서 내가 할 만큼 했고, 버틸 만큼 버텼고, 얻어낼 건 다 얻어냈다고 생각하면 전직을 능동적으로 생각해봐도 좋을 것 같다.

그러나 나머지 항목들은 일을 저지르기 전에 일고를 요한다. 인간관계 문제는 인사이동, 혹은 비바람이 지나갈 때까지 참아보는 것은 어떨까? 인간관계 때문에 회사를 옮겼다는 인상을 주는 것도 별로 좋지 않다. 미래와 희망이 안 보이는 지리멸렬한 업무 내용은 개선의 여지가 의외로 많은데, 보통 커뮤니케이션의 부재는 상사로 하여금 부하직원이 자기 일에 그럭저럭 만족하고 있다고 오해하게 만든다. 어차피 옮길 각오라면 밑져야 본전으로 적극적인 의사표현을 해보자.

4년차 워킹우먼 B는 '이렇게 단순 업무만 하면서 세월을 보내야 하는 건가?'라며 속으로 앓다가 회사를 그만둘 각오로 상사와 담판을 짓기로 결심했다.

"좀 더 도전적인 일을 하고 싶고 이런저런 일도 해보고 싶다며 구체적으로 내가 원하는 것을 말씀드렸지요. 물론 안 그러면 회사를 그만두겠다고 협박은 안 했지만요. 상사는 제 속을 읽으셨는지 흔쾌히 '그래? 좋아! 일을 더 맡겨보지.'라고 하셔서 저는 안도의 한숨을 쉬었지요. 전직에 대해 더 이상 고민해볼 필요 없이 한 번 더 이 회사에서 기회를 노려볼 수 있었으니까요."

사실 상사의 입장에서는 이런 부하직원의 토로가 다행일지도 모른다. 그가 말을 꺼내지 않았다면 특별한 불평없이 묵묵히 자기 일을 하던 부하직원이 하루아침에 이유 없이 사표를 던지는 상황을 받아들여야 했을 테니까. 이제 B는 자신이 판단하고 맡아서 할 수 있는 일의 비중이 늘어나 새로운 일을 배우는 재미로 회사를 다닐 수 있을 것이다.

하지만 만약 상사의 반응이 구태의연하고 보신만을 추구한다면 그런 상사 밑에서는 미래가 없다. 이런 실망스러운 반응이 돌아온다면 정신 번쩍 차리고 나를 위해 취해야 할 행동을 냉철히 생각해봄이 마땅하다.

마지막으로 적성에 안 맞는 일도 충분히 전직의 사유가 될 수 있지만 그렇다면 내 적성이 과연 뭘까 제대로 생각해본 적은 있는가? 막연한 투정보다는 내 목표에 대한 명확한 그림을 그린 후, 내 적성이 이 회사에서 정말 조금이라도 구현될 여지가 없다고 생각되면 그때 그 목표에 따라 전직에 대한 전략을 짜보자. 막연히 이곳을 '다니면 내가 좋아하는 것이 뭔지 알 수 있겠지.'라며 다음 회사로 옮겼다가 반년 후 또다시 같은 고민으로 그만두지 말라는 법이 없다.

우리는 그동안 한 우물을 파는 것이 미덕이라고 세뇌당하며 살아왔다. 하지만 무조건 한 회사에 수동적으로 오래 다니는 것보다는 능동적으로 전직을 해서 성장과 발전을 꾀하는 것이 낫다.

회사를 옮긴 사람들 대부분에게 물어보면 회사를 안 옮기는 게 좋을 뻔했다고 생각하는 전직 경험자들은 다행히 그리 많지는 않은 것 같다. 대부분이 그래도 잘 옮겼다고 생각할 것이고 뒤를 돌아보지 않아도 될 정도로 현재의 일에서 최선을 다하도록 노력할 것이다.

그러나 성공적으로 전직했다 해도 그것으로 끝이 아니다. 전직 이후에도 그 회사에서 새로운 고민거리가 어김없이 찾아오고 그 장애물을 극복하기 위해 최선을 다해야만 한다. 다만 전직으로 인해 내가 더 좋아하거나 좋아할 수 있을 것 같은 일에 근접해 가고 있다면 적어도 극복하기가 덜 괴로울 것이다. 회사를 옮길 거라면 제대로 하고, 옮기지 않을 거라면 지금 바로 불평불만을 접고 현상을 개선하는 데에 최선을 다하자. 그냥 계속 투덜대면서 어영부영 지내는 것이 가장 나쁘다.

연봉 액수는
정말 중요할까?

회사를 옮기는 것은 인생의 여러 결단 중 상당히 큰 결단에 속한다. 조금 입맛이 당긴다고 해서 신중한 생각 없이 무조건 뛰어들고 볼 일이 아니다. 회사를 옮기기 전에 보다 냉정하고 합리적이고 장기적인 시각으로 이모저모 따져볼 필요가 있다. 그러나 판단을 흐리게 하는 유혹은 늘 우리 곁에 있다.

네임밸류와 '안정된' 회사의 유혹
내가 뭘 하고 싶은가, 뭘 할 수 있는가를 중시하기보다 회사명을 보고 옮기는 경우가 있다. 그러나 이런 전직이야말로 조심해야 한다. 남들이 다 알아주는 그 회사가 물론 그 이름값만큼의 좋은 점이 있겠지만 왠지 찜찜할 때는 다시 생각해봐야 한다. 가령 원래 다니던 직장에서 일이 지겨워서 다른 일을 찾게 되었다면 일이 지겹지 않을 만한 회사를 찾아야 하는데, 원래의 전직 의도는 잊어버린 채 사람들로부터 잘 옮겼다는 말을 듣고 싶어서 회사의 네임밸류에 혹하는 것이다.

경력을 생각한다면야 일단 좋은 회사 이름이 이력서에 박히는 게 장기적으로 도움은 되겠지만 현실에서는 막상 입사해서 일하는 내가 만족스러운가가 더 중요하다. 또한 브랜드 가치가 있고 남들이 인정해주며, 부모님이 흡족해할 만한 회사라면 아마도 안정된 회사일 공산이 크다. 하지만 당신이 무리하지 않아도 어차피 월급 나오고 한낱 조직의 부품처럼 존재하는 분위기의 회사에서 만족할 수 없는 타입이라면? 과감히 전직을 감행하라.

승진 중독이냐, 껍데기냐

어떤 이들은 잘 알려진 대기업에서 직장생활을 시작한 후, 점점 규모가 작고 이름이 없는 회사로 옮겨가곤 하는데 이들을 보노라면 남으로부터 싫은 소리 잘 못 듣고, 연봉이나 업무내용보다는 직급 타이틀에 목숨 거는 특징이 있다. 좋게 해석하면 독립정신이 투철하고 일을 진취적으로 하는 스타일로 보이지만, 나쁘게 말하면 이리저리 피해 다니기만 하면서 무모한 허영심에 만족하는 사람들이다. 그러면서 다시 회사를 옮길 기회를 노리다가 조금만 누가 나를 한 직급 위 자리로 스카우트할 것 같으면 기분이 우쭐해져서 상대 회사에 대해 자세히 알아보지도 않은 채 흔쾌히 옮긴다. 이건 마치 큰 집에서 시작해서 자동차만 좋은 것으로 자꾸 바꾸느라 점점 평수 작은 아파트로 옮겨가는 꼴이다.

'트렌디'한 직종의 유혹

하루는 이런 상담을 받았다.

"요즘 패션지를 보면 일반 여성들의 라이프 스타일이 자주 소개되어 있던데, 그녀들은 모두 영문으로 표기되는 멋진 직업에 만족스러운 일, 그리고 사생활도 연애나 자기계발 등 한마디로 행복하고 충실한 하루하루를 보내고 있는 것처럼 보입니다. 저는 이런 여자들을 볼 때마다 괜히 부럽고 질투가 나요. 상대적으로 제가 한없이 초라하게 느껴지고요. 이런 제가 속이 좁은 걸까요?"

여성지에 그럴싸하게 나온 여성들이 실제로 일과 사생활에서 충실한지 아닌지는 오로지 그녀 자신들만이 알 것이다. 잡지사의 입장에서는 요즘처럼 자신의 인생을 만끽하는 '팔방미인 여자'에 대한 수요가 넘친 적이 없었기에 최소한 그렇게 보이는 여자들을 가급적 많이 보여줘야 한다는 책임감을 떠안고 있다. 잡지에 나와 있는 내용 중 대부분이 과잉 포장되거나 미화되어 나오는 것은 매스컴의 생리 탓이다. 매스컴은 '우와, 멋지다!'라고 감탄하지 않을 수 없는 스토리를 만들어내야 하기 때문이다.

실제로 매력적인 삶을 영위할 것처럼 보이는 그녀들도 백조가 물 밑에서 발을 동동 구르는 것처럼 여느 여자나 가질 수 있는 고민을 가지고 있는데, 그것을 지켜보는 우리들이 특정 직업이 주는 매력을 과대평가하고 과정이 아닌 결과만 보고 감탄하는 것은 아닐까? 자기 적성에도 맞지 않는 엉뚱한 것을 선망하느라 삶의 많은 시간을 낭비하지 않아야 할 것이다.

연봉 액수는 정말 중요할까?

어떤 이들은 무조건 연봉 올려주는 것에 따라 회사를 옮기기도 한다. 전직을 하는 데에 여러 가지 이유들이 작용하지만 요즘 같은 시대에 돈의 유혹은 쉽게 무시 못할 조건이다. 돈은 필수불가결한 요소이자 어떤 이들에게는 프라이드를 드러내는 상징이니까.

만약 지금 다니고 있는 회사가 현실적으로 보너스를 줄 수 없는 데다 월급 지급도 늦어지고 언제 정리해고될지 모르는 분위기라면 당연히 전직을 현실적으로 생각해야 한다. 하지만 그러한 절대적인 모자람이 아니라 얼마만큼 더 많이 주느냐를 놓고 따지자면 팀장 수준 전까지의 연봉 차이는 아무리 커도 1,000만 원 안팎일 것이다. 크다면 크고 작다면 작은 액수다. 1년에 1,000만 원 모으기가 은근히 힘들지만, 다른 한편으로 생각하면 12개월로 나누고 세금까지 떼고 나면 정장 두어 벌 값밖에 안 될 수도 있다.

저마다의 주머니 사정과 경제적 관념에 따라 돈이 주는 무게는 다른 것이다.

다만 돈보다도 더 중요한 것이 있다면 그것은 돈과 일의 함수 관계다. 학생 아르바이트라면 모르지만, 이것은 평생직업에 관련된 문제다. 몇 년 꾹 참고 힘들게 일해 번 돈으로 자기 장사 하겠다는 확고한 목표를 가진 이라면 모를까, 지금 내가 일하는 한 순간 한 순간이 나의 미래 커리어와 인생에 연결되어 있다면 돈을 위해 만족스런 업무를 포기하는 것은 장기적으로 손실이 클 것이다. 돈만 보고 비장한 마인드로 일하면 아무리 길게 봐도 10년이 한계일 듯하다.

과감히 회사를 옮기기로 마음을 먹었을 때는 내가 지금 그만두는 것의 가치를 생각해야 한다. 나는 왜 그만두려고 하는가? 지금 이곳에서는 충족시키지 못했던 어떤 욕구를 충족시키기 위해 다른 회사를 찾으려고 하는 것인가? 전직을 하느냐 마느냐가 중요한 것이 아니라 자신이 뭘 하고 싶은지 제대로 바라보고 전직을 그 수단으로 사용하려고 노력해야 한다.

새 회사 면접 볼 때, "무조건 최선을 다하겠습니다."는 말은 아무도 듣고 싶어 하지 않는다. 자신이 새 둥지에서 무엇을 할 수 있을지, 무엇을 하고 싶어 하는지 제대로 파악하는 것이 최우선이다.

20대 전직과
30대 전직의 차이

20대와 30대는 둘러싼 환경도 다르고 그 시기에 쓸 수 있는 업무
능력과 용량도 다르다. 따라서 전직을 할 때도 고려해야 할 우선
순위가 달라야 할 것이다.

20대 전직의 키포인트는 새 회사에서 전공 업무에 필요한 업
무지식과 기술을 얼마나 치열하고 집중적으로 익혀서 성장할 수
있느냐 여부이다. 자립한 지 얼마 안 되는 시점이라 자칫 연봉의
높낮이에 흔들리기도 하지만 그 무엇보다도 20대에는 어떤 경험
을 쌓을 수 있는지를 가장 먼저 고려해야 한다.

개인적으로는 20대에는 체력적으로나 정신적으로 힘든 일을

경험해보아야 한다고 생각하는데 20대에 최선을 다해 노력해본 경험이 있어야 30대에 할 수 있는 일의 용량이 커지기 때문이다. 젊었을 때의 치열했던 경험이 자신감으로 연결되어 경력이 쌓이면서 훨씬 더 나은 일을 만나게 되는 것이다. 그런 면에서 최소한 20대 중반 무렵까지는 쉽게 현재의 일을 포기한 채 바로 전직에 눈을 돌리지 않기를 바란다. 어느 정도 비중 있고 치열한 일을 나한테 맡겨줄 때까지 전직하지 않고 일단 내 자리에서 최선을 다해 노력해보는 것이 바람직하다.

그렇게 하지 못한 25세의 직장여성 P는 자신의 첫 전직에 대해 지금 목하 후회 중이다. 대학 졸업 후, 그녀는 한 컴퓨터 회사에 지원해서 당당히 합격했지만 지망 부서가 아닌 영업부에 배치되어 매일 야근과 외근을 하고 거기다 모르는 사람 앞에서 머리를 숙여야 했다. 매일의 업무가 매우 고되고 숨 돌릴 시간조차 허락되지 않자 P는 1년을 못 참고 더 이상 못 견디겠다며 무역회사의 사무직으로 전직해버렸다.

막상 옮기고 나니 처음엔 심신이 편했다. 그러나 시간이 지나면서 이번엔 일의 단조로움에 질려 그래도 영업 뛸 때가 일하는 맛이나 보람이 있었다는 사실을 깨닫게 되었다. 때마침 만난 예전 회사 선배가 "워낙 P가 면접 때 씩씩하고 적극적으로 보여서 상사들이 일부러 좋게 생각해서 영업부에 배치시킨 거야."라는 말을 했을 때는 '조금만 더 참고 노력했으면 좋았을걸.'이라는 생각이 스쳤다.

한편, 28세인 J는 회사를 옮긴 덕에 일을 더욱 많이 배울 수 있어 만족스러워하는 성공 케이스. 처음 기쁜 마음으로 입사한 대기업의 전산부에서 J가 맡은 일은 단순 데이터 입력이었다. 대기업 특성상 오로지 자신에게 주어진 일만 해내야 했던 그녀는 2년 동안 같은 일만 하며 보냈다. 먼저 입사한 선배를 봐도 내 일에 비해 그리 발전된 일을 하는 것 같지도 않았다. J는 심사숙고 끝에 지금은 작은 규모지만 전도유망한 한 IT회사로의 전직을 감행했다. 여기서는 사수-부사수 체제가 엄격히 정해져 있어서 J가 사수로부터 흡수하는 업무 스킬은 어마어마했다.

전직 1년 후에는 시스템 구축에서부터 관리복구에 이르기까지 시스템 엔지니어가 하는 일련의 업무과정을 총괄할 수 있을 정도가 되었다. 대기업에서 누리던 여러 가지 복리후생 혜택이나 팬시한 해외연수 기회는 없었지만 대신 다양한 일을 깊이 있게 배운 것은 다른 곳에서 쉽게 누리지 못하는 값진 경험이었다.

한편 30대 전직의 키포인트는 장기적 커리어 목표에 도움이 되는 실무경험을 쌓을 수 있느냐의 여부다. 여태껏 부족했던 특정 능력을 보충하는 기회를 노려보기도 한다. 같은 직종이라도 개개인의 책임과 권한이 더 커지는 상대적으로 규모가 작은 회사를 선택해서 도전해본다거나, 여태까지 일해온 분야에 좀 더 깊이 있는 경험을 쌓을 수 있는 미래에 대한 능동적인 투자를 많이 하는 회사로의 전직이라면 생각해봄직하다.

혹은 한 가지 일에 대해 다각도로 시각을 키워주는 전직도 바람직하다. 예로 같은 마케팅 직종이지만 다른 업계로 전직해서 더욱 다양한 마케팅 기법을 구사하는 기회를 가져보거나, 같은 업계지만 다른 직종으로 전직해봄으로써 그 분야에 대해 충분한 이해를 쌓아 그 업계의 전문가가 되는 것도 한 방법이다.

홍보대행사에서 일하던 R의 30대 전직은 어리석은 결과를 낳았다. 32세 때 직장에서 바로 위 남자 상사와 큰 말싸움을 벌인 것이 화근이 되어 그만두겠다는 말을 뱉어버렸고 그 바람에 더 이상 회사를 그대로 다니기가 어려워졌다. 결국 R은 닥치는 대로 이곳저곳 이력서를 집어넣고 나서 그중 제일 먼저 연락이 온 회사로 전직하게 되었다.

새로 옮겨간 곳은 안정된 '갑'이라는 위치의 기업홍보실이라는 점이 끌렸지만 상대적으로 자유분방하고 외근이 잦은 홍보업무를 해온 그녀로서는 하루종일 앉아서 서열식으로 처리하는 업무에 도저히 흥이 나지 않았다. 게다가 그녀가 별로 관심이 없던 '위기관리 홍보'가 주업무인 건설회사 홍보업무였다. 상사와의 갈등 때문에 홍보대행사의 모든 것이 지긋지긋해서 잘 알아보지도 않고 '갑'으로 전향해보니 전혀 적성에도 안 맞고 성취감도 느낄 수 없었던 것이다. 냉정하게 생각하면 지난번 회사의 상사와 안 맞았던 거지, 홍보대행 일까지 안 맞았다고 단정짓지 말았어야 했다.

반면 식품회사 기획팀에서 일하는 34세의 S에게는 서른 초반에 자신이 내려야 했던 결정이 결과적으로 옳은 선택이었다. 그녀는 같은 회사 내에서 직종에 변화를 줌으로써 궁극적으로 자신이 하고 싶은 일에 더 가까이 다가가게 된 케이스였다. 처음에는 홍보부에 배치되어 일을 하고 있었으나 점차 새로운 식품을 기획하는 일에 흥미를 느꼈다.

그러나 홍보부에서의 3년 근무를 마치고 배치된 곳은 전혀 뜻밖에도 영업부. 회사를 나가라는 신호인가 하고 잠시 망설였다고 한다. 하지만 "식품에 관련된 일을 제대로 하고 싶다면 영업부 근무는 필수"라는 상사의 말에 수긍하고 그 후로 2년간 영업 업무를 경험했다. 그랬더니 다른 식품회사에서 S의 다양한 식품회사 업무 경험을 인정하여 신규 프로젝트의 기획 담당으로 스카우트 제의를 한 것이다. 그녀는 연봉도 올리고 승진도 하면서 전직해서 본인이 오랫동안 원했던 식품기획 일을 신명나게 할 수 있었다.

20대의 전직은 자신을 맹렬하게 하드 트레이닝시켜줄 수 있는 곳으로 일부러 뛰어들어가는 것이어야 하고, 30대의 전직은 장차 오랫동안 어떤 일을 하고 싶다는 비전에 따라 빠진 퍼즐조각을 끼워맞춰 완성해가는 것이어야 한다.

그리고 둘 모두에게 해당되는 점은 현재의 회사에 대한 불만이라는 한 가지 이유 때문에 옮기는 것이 아니라 새 회사에서 내

가 원하는 것을 제공해줄 수 있다는 판단이 들 때 비로소 카드를
과감히 꺼내야 한다는 것이다.

나를 위한
SWOT 분석

전직은 사회생활에서 큰 승부수나 다름없으니 늘 신중을 기해야 하는 것은 아무리 강조해도 지나치지 않다. 전직을 준비할 때 먼저 글로 생각을 정리해보는 것도 좋은 방법이다. 글은 언제나 정직하고 글로 생각을 정리하다 보면 모호함이 줄어들고 내가 할 일이 확실히 보이게 된다.

첫째, 여태까지의 직무경험을 돌이켜보고 나는 향후 무엇을 할 수 있을까를 객관적으로 분석해본다. 마케팅 이론의 SWOT 분석에서 나의 강점Strength과 단점Weakness을 분석하는 것과 같다. 이때, 자신이 써놓은 강점은 차별화된 특장점selling point인지 살펴보자. 왜냐하면 남들이 다 보편적으로 가진 강점보다는 자신만의 특장점이 있어야 전직시장에서 보다 유리하기 때문이다. 업무 경험을 돌이켜보며 내가 가진 장점이 명확해지면 그것을 활용한 이후의 커리어 목표도 써놓자.

둘째, 내가 가진 가치관을 분석해보자. 일을 통해서 내가 얻고 싶은 가치가 무엇일까? '남을 돕고 싶다.' '내 손으로 뭔가를 창조해내고 싶다.' '미지의 분야를 개척함으로써 호기심을 충족하고 싶다.' 등 저마다 일을 통해서 느끼는 기쁨의 요소는 다르다. 그런 다음, 그 요소들에 우선순위를 붙여 내가 전직을 통해 충족시키고 싶은 가치관을 명확히 정립하도록 한다.

위의 두 가지 축이 마음속에서, 그리고 글을 통해 정리되었다면 자신이 추구하는 가치관을 만족시키면서 과거의 커리어와도 연관성이 있는 업종이나 직종은 무엇인지 고민해본다. 예로 나의 강점은 외국어와 한국어를 통한 커뮤니케이션 스킬이고 내가 추구하는 가치관은 호기심 충족과 회사생활이 즐거워지는 팀워크라면 신규 고객을 적극적으로 공략하는 광고회사나 홍보회사를 고려해볼 수 있다. 만약 나의 강점이 정보수집과 분석능력이고 추구하는 가치관이 창의적인 업무를 통한 자아실현과 시야를 넓히는 것이라면 국제적 브랜드의 기획업무를 해보는 것도 괜찮다.

다음으로 적당한 때가 돼서 전직을 심각하게 고민하고 있다면 이제는 전직 대상 회사를 추린 후, 그들의 개별적인 요구를 모색하도록 한다. 그 회사가 가지는 강점이나 약점, 향후의 기업전략에는 어떤 계획들이 있는지 헤드헌터든 홈페이지든 그 회사에 다니는 사람이든 여러 채널을 통해서 그 회사에 대한 정보를 얻도록 한다. 그 정보들을 파악하면 '나'라는 인재를 채용하면 이 회사에 어떤 이점이 있고 내가 어떤 공헌을 할 수 있을지를 이력서나 면접을 통해 구체적으로 전달할 수 있고 나와 맞는 회사를 추려본다는 의미도 있다.

그와 더불어 내가 전직했을 때 기회Opportunity와 위협Threat을 진단해보는 것도 좋다. 회사를 옮겼을 때 과연 어떤 좋고 나쁜 변화들이 일어날 수 있는지 그것들이 나의 장기적인 목표에 어떤 작용을 할지에 대해서도 알 수 있다.

여기서 짚고 넘어가야 할 것은 스스로 여러 조건이 꽤 괜찮다고 이성적으로 납득하고 있더라도 구체적으로 어떤 부분에서 꽤 괜찮은지 조목조목 항목을 적어보라는 것이다. 그리고 그 항목 중에서 내게 정말로 의미가 있는 것들이 있는지 냉정하게 따져봐야 한다. 남들이 아무리 값을 쳐준다고 해도 타인에게 과시용도의 덕목은 본질적인 만족을 줄 수 없기 때문이다.

이렇게 글로 써보고 다각도로 도표를 그리다 보면 무조건 '새로운 기회'라는 달콤해 보이는 미래의 환상에 매달리기 전에 최악의 상황에 대해서도 사전에 짚어볼 수 있어서 좋다.

전직의 '베스트 타이밍'은 스스로 준비하고 만들어내야 한다.

실제로 전직을 하든 안 하든 전직에 대한 준비를 사전에 제대로 해놓는 것도 좋다. 전직이 현실문제로 닥쳤을 때 전략적으로 대처할 수 있는 방편과 심리적 여유를 마련해줄 것이다. 현재 자신의 능력으로 어떻게 전직을 할 수 있을지 조사해보고 정보를 모아두는 것은 어쩌면 지금 다니는 회사생활을 더 대범하게 잘할 수 있는 방법일지도 모른다.

전직은 단순한 책임회피나 충동적인 결정이 아닌 인생의 중요한 도전의 한 과정이다.

사적인 관계의 사람과 일하려면
두 배 더 노력해야 한다

좋은 선후배로 알고 지내던 두 사람이 한 조직에서 상하관계로 같이 일하게 되면 꼭 들려오는 말이 있다. 대개 후배는 선배에 대해 "알고 보니 영락없는 사이코였다."고 전화 끝머리에 하소연하고, 선배는 후배에 대해 "아…… 요새 너무 피곤해. 완전 하극상이야."라며 자신의 억울한 심사를 한탄한다.

한때 이 둘은 만나면 각자의 상사나 부하를 욕하며 맞장구쳐주던 사이였다.

그렇다고 그냥 함께 놀기만 하는 관계였다가 소박하게 일도 재미있게 해보자고 뭉친 아마추어들은 아니다. 제휴사로서 같이 일해보기도 했고, 서로가 일하는 모습을 가까이에서 지켜본 적도 있으며 각자가 나름대로 일 잘한다고 주변 사람들에게 여러 차례 칭찬도 들은 터였다. 선배는 후배에 대해 '얘는 그 정도면 일도 꽤 빠릿빠릿하게 하고, 나한테 고분고분하면서도 자기 줏대가 있어서 쓸 만해. 유머감각에다 붙임성도 있으니 나도 즐거울 테고. 게다가 내가 부족한 분야에 대해 꽤 잘 아는 것 같고.'라고 속으로 고개를 끄덕이는 한편, 후배는 바로 전 직장에서 워낙 자기밖에 모르는 지독한 상사를 경험했던 터라 '이 선배는 인간적으로 좋은 사람이니까 적어도 나를 내치진 않겠지? 생판 모르는 사람 밑에서 일하는 것보다야 안전하겠지.' 생각하고 의기투합해버리고 만다.

그런데 어느덧 자기 줏대는 하극상으로 보이기 시작하고, 좋은 인간성은 비굴한 무능력으로 비친다. 두 사람이 회사원이라면 공통으로 잘 보여야 하는 상사의 존재로 인해 치명적인 삼각관계로 치닫기까지 한다.

어떤 친구 H는 한 인터넷 벤처회사에 스카우트되어 가면서 평소에 눈여겨보았던 후배에게 함께 일하자고 제의했다. 그 후배는 기꺼이 그 제안을 받아들였다. 처음부터 하나하나 쌓아올려야 하는 터라 둘은 밤낮으로 붙어서 열심히 일했다. 그 노력이 빛을 보았는지 업무 실적이 차근차근 쌓이기 시작해서 이젠 많은 부하직원들을 둘 정도로 사세가 확장되었다. 이렇게 많은 부하직원들이 들어오자 어느덧 H의 일이 조금 줄어들었다. 다른 말로 편해진 셈이다. 그리고 새로 들어온 직원들은 아무래도 관리직인 H보다는 실무 리더격인 H의 후배를 상사로서 더 따르게 되었다.

점차 H는 자신이 직원들로부터 소외되는 느낌을 받기 시작했다. 어차피 윗자리는 고독한 법이라고 자위를 했지만 사태는 거기서 끝나지 않았다. 본의 아니게 그 후배가 밑의 직원들을 이끌고 맹렬히 일하는 모습을 더 자주 보게 된 중역은 점차 그 후배에게 더 호감을 느끼며 더 많은 의사결정을 후배와 같이 하게 되었다. 중간에 낀 H는 점차 있으나마나 한 사람으로 비쳐지는 이상한 형국이 되었다.

더 이상 이런 상태를 방치할 수 없었던 H는 손수 발벗고 나서서 후배의 프로젝트에 개입해 일해보려고 했지만 이미 일이 진행되고 있는 상황에서는 귀찮은 간섭으로밖에 받아들여지지 않았고 중역도 "당신은 당신의 일이나 하고 아래 직원들은 편하게 일하게 해주라."며 핀잔을 하는 사태에 이르렀다. 이제 H는 그 후배가 자신의 상사와 결탁해서 언젠가 자신의 뒤통수를 치지나 않을까 노심초사하는 지경이 되었다. 후배는 H가 자신의 공을 가로챘다고 비난하고, H는 그 후배를 특별히 보호해줬음에도 그걸 몰라주고 도리어 다른 직원들 선동이나 한다고 이를 간다.

한 회사 내에서 벌어지는 일이 아니더라도 두 사람이 함께 동업을 하는 경우의 아킬레스건은 역시 욕망과 돈이다. 원래 돈을 벌려는 목적으로 자기 사업을 하는 것이니 어찌 보면 당연한 결과다.

사이를 틀어지게 하는 이런 비즈니스적 구조장치들 외에도 인간관계란 기본적으로 너무 가까워지면 장점보다는 단점들이 더 쉽게 보이기 마련이다. 게다가 업무적 유능함은 막상 겪어보지 않으면 알 수 없다는 것은 오래전부터 있어왔던 진리다. 특히 어느 한쪽이 역할 변화에 적응하지 못하고 당황하면 문제는 더 커진다. 그래서 동업을 할 때 가장 나은 상대는 한때 손발이 잘 맞았던 회사 동료라는 말도 있다. 사적으로 친하다기보다는 공적으로 신뢰하는 관계가 낫다는 것이다.

두 사람의 관계가 개인적으로 친하고 서로를 잘 알고 아낀다는 이유에서 시작했다면 그것이 도리어 함정이 되기 쉽다. 친하다는 것은 조금만 발을 잘못 디뎌도 우습게 보이거나 권위가 안 서는 것으로 해석되기도 한다. 평소에 절친했던 선배가 같이 일하자고 제의할 때 우리가 망설이는 이유는 사실 그 회사의 연봉이 마음에 안 들어서가 아니라 내심 그를 '내 상사의 그릇'으로 간주해보지 않았기 때문이다.

나중에 "왜 멀쩡히 회사 잘 다니는 나를 데려가서……."라는 원망을 듣기 전에 선배는 후배에 대해 30퍼센트는 실망할 각오를 해야 하고, 반대로 후배에게 완전한 신뢰를 받을 수 있는지 냉정하게 자신의 카리스마와 리더십을 평가해야 한다.

한편 후배는 선배가 내미는 사탕발림에 혹해서 따라갈 것이 아니라 진정으로 좋은 관계를 유지하며 일을 잘할 수 있는지 곰곰이 생각해보자. 선배의 인간성이 너무 좋아도 문제다. 드러내 놓고 욕도 못하고 마음고생할 수도 있다.

서른 넘어
체력 저하를 실감할 때

몸이 시름시름 아프다. 피로가 풀리지 않는다. 걸핏하면 두통약을 찾는다. 무리하면 갑자기 하혈을 하거나 아예 몇 달간 월경이 없다. 어깨와 목 뒤는 돌덩어리같이 늘 굳어 있다. 이럴 때는 좀 더 편하게 일할 수 있는 회사를 알아봐서 옮기는 것이 아니라 쉬며 재충전하는 것이 정답이다.

나도 한창 일할 때는 무리하는 것이 몸에 익숙해지다 보니 몸이 아프기 전까지 일을 해야 직성이 풀렸다. 쓰러져 자고 나면 다음 날 어떻게든 회복되어 있을 거라고 믿었던 내가 바보였다.

그러다가 서른이 넘어 체력의 저하를 실감할 무렵에야 일을 잘하는 것만큼 중요한 것이 휴식과 재충전임을 깨달았고 난생 처음 몸이 말하는 소리에 귀 기울이게 되었다.

그전까지는 늘 머리가 몸을 지배하는 생활이었다. 그저 소파에 누워서 TV만 보며 쉰다 해도 머리에선 어느새 미친 듯 일하는 내 모습을 시뮬레이션해보는 버릇이 있었다. 실제로 그렇게 미친 듯이 일하는 것보다 그냥 상상하는 것이 몸에 더 심한 긴장과 피로를 유발시킨다. 그런 불균형한 느낌을 참지 못하고 결국엔 소파를 박차고 일어나 컴퓨터 앞에 앉아 업무 관련 일을 한 시간 정도 하다 보면 퍼뜩 정신이 들면서 일한 것을 후회하게 된다. 몸과 마음을 둘 다 피곤하게 만드는 결과다. 몸이 휴식을 취할 때 머리가 같이 쉬어주지 않으면 의미가 없다는 사실은 그로부터 한참 지나서야 체득했다.

평소에 가만히 있지 못하고 성격이 예민한 열혈 직장여성들은 집에서 조용하게 쉬는 것이 도리어 고역이다. 그렇다고 격렬하게 운동을 한다거나 쇼핑을 하는 것은 엄밀한 의미에서의 휴식과는 조금 다르다. 그런 그녀들에게 추천하고 싶은 휴식방법은 산책과 요가다.

산책은 자연 속에서 산소를 들이마시며 하는 것이 진짜배기다. 걷는 것이 심신의 안정에 탁월한 효과가 있다는 것은 많은 사람들이 이미 알고 있는 사실이지만 자연 속에서 걸으면 그보다 더한 선물, 창의성도 얻을 수 있다. 나뭇잎이나 꽃봉오리 등 자연의 한 부분을 물끄러미 살펴보고 향기도 맡아보고 만지작거리면서 걸으면 자연과 접촉했던 어린 시절의 기억이 자연스레 떠올라 기분이 좋아질 것이다.

자연 속에서 깊은 평화와 소속감, 내가 모르는 큰 우주의 힘이 작용하는 걸 느끼면 자신에게 당면한 문제가 사소하고 대수롭지 않게 여겨진다. 그리고 마음이 차분해지면 생각은 더욱 선명해지고 본능에 충실해지기 때문에 내가 원하는 것, 내가 고민하고 있던 것에 대한 해답이 어느새 내 안에 살포시 들어와 있는 경우도 있다.

쇠붙이 기계들, 시끄러운 댄스뮤직, 탁한 공기 속에서 실내자전거를 타면서 돈을 쓰느니 자연이 내뿜는 신선한 산소, 새들의 노래와 바람 부는 소리, 흙을 밟을 때의 행복한 안정감, 무엇보다도 자연이 뿜어주는 기氣를 느끼는 것이 몸과 마음의 건강에 훨씬 효과적이다.

2년 전부터 꾸준히 수련해온 요가는 다이어트는 물론 심신의 안정과 건강에 정말 탁월한 효과가 있다. 단, 맑은 심성을 가진 숙련된 요가 스승을 만나는 것이 중요하다. 그들은 삶에서 멘토의 역할을 해주기도 한다. 특히 '고통을 있는 그대로 관찰하라.' '무리하지 마라.' '좀 더 휴식하라.'라는 메시지가 가슴에 와닿았는데 이는 우리들의 일상생활에 그대로 적용되는 명언이다.

'고통을 관찰하라.'는 요가 동작을 하면서 고통이 수반될 때 고통스럽다는 감정에서 허우적대는 것이 아니라 고통스러운 것이 당연하며 통증은 더 나은 신체로 변화하고 있다는 자연스러운 증거라는 사실을 받아들이는 훈련이다. 그러면서 통증을 객관적으로 바라보노라면 어느새 통증이 완화된다는 놀라운 사실을 경험하게 된다.

이런 습성은 우리가 일하면서 머리가 터질 듯이 화가 나고 열낼 만한 일에 부딪혔을 때 조금 더 냉정하고 차분한 시선으로 현상을 바라볼 수 있게 도와준다. 또한 요가 초년생일수록 남들의 동작을 곁눈질로 힐긋힐긋 보면서 누가 더 잘하나 견주며 무리하게 되는데, 스승은 이때 '무리하지 마라.'고 하면서 내 몸이 할 수 있는 데까지만 노력해보는 감각을 키우는 것이 마땅하다고 조언한다. 덧붙여 '노력'과 '무리'는 엄연히 다르다는 것을 강조한다. 그녀는 요가수업을 마칠 때면 학생들에게 늘 '수고하셨습니다. 좀 더 휴식하세요.'라고 말함으로써 학생들로 하여금 수업이 끝나도 좀 더 누워서 여유 있게 쉬다 갈 것을 권한다.

우리는 이렇게 서로에게 '좀 더 휴식하라.'고 부단히 일깨워줘야 한다. 휴식이 필요할 때는 제대로 쉬어야 한다. 그래야만 오랫동안 건강한 몸과 마음으로 내가 좋아하는 일을 할 수 있다.

내가 안 챙기면
누가 나를 챙길까

일부러 날을 정해 혼자 밥 먹고 커피 마시며, 혼자 영화 보고, 혼자 짐 싸서 여행을 떠나지 않더라도, 의무적이고 가식적인 인간관계와 바쁘고 부대끼는 일상을 피해 나만의 공간, 나만의 시간이라는 절대 자유를 능동적으로 찾는 일하는 여성들이 늘고 있다. 혼자만의 시간이야말로 자신을 치유해줄 수 있는 퀄리티 타임이 될 수 있다. 혼자만의 시간이 갖는 의미는 다양하다.

혼자만의 시간은 사회적 역할을 벗어던지고 원래의 나 자신으로 돌아가는 시간이다. 싹싹한 부하직원, 책임감 있는 팀장, 착한 애인, 효녀 딸 등등 우리는 많은 가면을 쓴 채 에너지를 고갈시키고 있다. 가끔 타인과의 관계에서가 아니라 나를 바라보는 시간, 내가 나를 느끼고 나와 소통하는 시간을 가지는 경험은 소중하다. 어떤 사람들은 자신과의 소통을 거창하고 어렵게 생각하는데, 이것은 일부러 뭔가 생각을 짜내려고 애쓰는 것이 아니라 여유롭게 좋아하는 책이나 음악을 접하면서 자연적으로 연상되는 사념들을 편안하게 따라가는 것일 뿐이다.

혼자 있을 때는 내가 주인공이니 오로지 내가 기분 좋아지는 것을 하자. 계속 책상에 붙어서 일하는 사람은 일정 시간이 되면 하던 일을 멈추고 뛰거나 수영하거나 악기를 연주하거나 춤을 추는 등 육체와 '노는' 것도 매우 권장할 만하다. 마음은 그런 원시적인 생활로 돌아감으로써 균형을 잡는 법이다.

직장에서 작든 크든 성취해낸 일이 한 가지라도 있다면 혼자서 자축해보는 것도 좋다. 한 이벤트 회사에 다니는 친구는 매번 큰 행사를 성공리에 치를 때마다 적지 않은 보너스가 나왔고 그 돈의 일부로 성취의 순간을 기억하기 위해 조금은 고급스러운 액세서리를 하나씩 사 모은다. 그 액세서리들은 행운을 상징하는 것 같아 그것들을 몸에 걸쳤을 때 자신감이 불끈불끈 솟는단다.

나의 경우 기쁜 일이 있을 때 귀갓길에 탐스러운 장미 한 다발을 사서 집에 장식해놓곤 했다. 영원히 존재하는 것보다 금방 없어지는 물건은 그 순간을 향유하는 정취가 있고, 또 꽃만큼 감정이 사치스러워지는 것도 없다.

휴식, 자축 외에 혼자의 시간이 갖고 있는 또 한 가지 미덕은 '분출'이라고 생각한다. 혼자만의 시간은 감정을 겉으로 분출시키고 해방시킬 수 있는 절호의 시간이다. 힘들면 힘든 대로 슬프면 슬픈 대로 실컷 울어야 마음이 건강해진다. 어른이 되면 감정이 가는 대로 울 수 있는 기회가 별로 없다. 내 마음이 어떤 것에 정처 없이 흔들리고 있는지 마음속을 찬찬히 들여다보는 것도 괜찮다.

진정한 독립심을 가진 일하는 여성은 혼자의 시간을 의미있게 활용했기 때문에 자기만의 다부진 세계를 가지고 있는 것이다. 게다가 당신이 유별난 나르시시스트가 아니더라도 이 세상에서 가장 감미로운 것은 자기 자신과 나누는 대화가 아니던가.

하지만 살다 보면 이유 없이 혼자 있기 싫고 허전하고 외로운 날이 있기 마련이다. 누군가에게 전화해서 마음을 표현하고 온기를 느끼고 싶은데 막상 핸드폰의 저장번호들을 이리저리 뒤적여도 마땅히 걸 사람이 없을 때, 갑자기 지난 30년간 바쁘게만 살아왔지 인간관계에는 실패한 게 아닌가 하는 우울한 생각이 든다. 이것은 대다수의 사람들이 공통적으로 겪는 경험이다. 오히려 이런 날이 어정쩡한 관계를 정리하기에 아주 좋은 날이다.

혹시 언제 도움이 될지 몰라 저장해두고 있는 사람들의 전화번호를 이참에 시원하게 정리해버리자. 첫째, 한시적으로 일 관계 때문에 알게 되어 그런대로 친하게 지냈지만 프로젝트가 끝난

후 굳이 연락할 필요가 없는 번호, 삭제. 나중에 필요하게 된다한들 연락처는 어떻게든 알 수 있다. 둘째, 술자리 등 사적인 모임에서 건너 건너 알게 되어 "꼭 연락주세요."라며 전화번호 교환했던 사람들. 한 달 동안 연락할 마음이 안 생겼다면, 삭제. 누구인지 기억이 가물가물한 수상쩍은 남자들의 이름도 삭제. 넷째, 궁금하긴 하지만 너무 오랜만에 연락하는 게 속보이고 민망한 지인들, 삭제.

이제 확 줄었다고? 그럼 나머지 저장번호 중에서 가족들을 제외하고 일괄적으로 외롭다는 문자를 보내보자. 다섯째, 답신이 바로 온 사람들 빼놓고 또 삭제. 회신이 한참 나중에 왔다면 그 번호들은 다시 저장해놓으면 된다. 그리고 마지막으로 답신 중에 가장 살가운 내용을 보낸 사람 세 명과 통화하다 보면 그날의 우울함은 뻥 뚫릴 것이다!

정신건강의학과는
재미있는 곳이다

직장여성들이 항우울제를 복용하는 경우는 이제 보기 어려운 광경이 아니다. 사실 그런 일은 더 이상 치부도 아니어서 "우울증은 때때로 우리를 찾아오는 친구야."라며 농담을 주고받기도 한다. 주변에 사람이 이렇게 많은데도 자신의 내면 문제에 대해 편하게 소통하고 객관적인 조언을 줄 수 있는 것은 이해관계가 얽혀 있지 않은 '타인'이라는 게 그녀들의 일관된 주장이다. 게다가 그 마음의 병이 엄연한 우울증이라면 타인 중에서도 전문가를 찾아야 한다.

시작은 기대했던 것보다 의외로 싱겁다. 아니, 사실 전혀 드라마틱한 요소가 없다. 정신과 의사와의 대화는 늘 "요즘엔 어떠셨어요?"라는 질문에서 시작된다. 그럼 나는 생각이 흐르는 대로 지난 3주 동안 있었던 일상의 대소사를 필두로 노여움과 자책감 같은 부정적인 감정의 경험을 담담하게 이야기한다.

의사는 절대 무의미하게 친절하지 않아서 내 기분을 맞춰주기 위해 입에 발린 소리를 하지 않는다. 항상 초연한 자세로 내 이야기를 무던히 경청할 뿐이다. 순간 돈 아깝다고 느껴진 적도 있다. 그러나 몇 번 상담을 받다 보면, 겉으로는 지극히 중립적인 태도를 취하는 그가 실상은 나의 문제에 깊숙이 개입해 있다는 것을 느끼게 된다. 다만 어떻게 해서든 팔 걷어붙이고 도와주려는 방식이 아닌 너무나도 조용하고 깊은 개입이다.

특히 의사는 결코 자신의 생각으로 나를 조정하려고 하지 않고 그 보다는 나의 자발적인 사고의 움직임을 방해하지 않으려고 세심하게 주의를 기울인다. 오히려 나의 움직임에 따라 자신의 위치를 조금씩 유연하게 바꿔간다고나 할까.

한편, 눈치가 뻔한 환자가 '아, 내가 지금 이런 힌트를 던졌으니 이제 의사가 이런 화제로 돌려서 나를 이렇게 진단하겠구나.'라고 머릿속에서 내기를 걸면 그는 돌연히 바로 전의 대화와 전혀 관계없는 이야기를 새로 시작한다. 그런데 이런 전위예술처럼 두서없이 전개되는 대화는 결국엔 나에게 자연스러운 사고회로의 가능성을 몇 개 터주려고 하는 그의 철저히 계산된 시도였다.

덕분에 나는 사뿐히 그리고 자신감 넘치게 어떤 생각의 결론에 무사히 도달할 수가 있다.

이는 정말이지 형언하기 힘들 정도로 신기하고 불가사의하고 마음이 따뜻해지는 경험이다. 2년째 정리를 못한 우리 집 다용도실 창고처럼 복잡했던 머릿속이 어느새 진공청소기가 훑고 지나간 듯 시원해지는 것이다.

그 소파에 앉아 나는 의사와 이야기를 나누는 것이 아니라 이 세상에서 가장 흥미진진한 상대인 자신과 깊이 있고 진지하고 허심탄회한 대화를 나누는 기적을 경험한다. 의사의 도움으로 아주 간단하고 근사하게.

그러나 그들도 가끔 저돌적으로 나올 때가 있다. 직장여성의 경우 주로 우울증은 과로와 함께 찾아온다고 한다. 몸과 마음이 비명을 지르고 있음에도 알아차리지 못하고 계속 달려서 쓰러지기 일보 직전에 병원에 달려왔던 프로그래머 S. 그녀는 잦은 밤샘 야근에 부하직원과의 불편한 관계로 불면증, 정서불안, 안면경련 등의 증상과 심한 우울증에 시달려온 케이스였다. 의사가 "일도 너무 무리하고 신경도 많이 써서 그래요."라고 지적해줘도 그녀는 이해하지 못하겠다는 투다.

"요새는 다들 그렇게 살아요. 저 혼자만 낙오될 수는 없잖아요. 그리고 내가 아니면 누가 그 일을 하겠어요." 의사의 목소리는 나지막했지만 내용은 정곡을 찔렀다.

"그럼 당신의 일과 생명 중 어느 쪽이 소중한가요?"

S는 할 말을 잃었다.

병이 완전히 나을 때까지 휴직을 하는 것이 심신을 쉬게 하는데에는 최고의 방법이지만 의사가 휴직을 권해도 고개를 옆으로 돌리는 고집스러운 환자들도 많다고 한다.

"특히 최전선에서 일해온 리더격 직장여성들은 누구보다도 열심히 살아왔다는 자기정체성을 잃는 것을 두려워하지요. 지금 이대로 일하면 쓰러질 거라고 경고해도 멈추질 않거든요. 결국 쓰러질 때까지 일한 후, 휴직을 안 할 수 없는 상황에 이르러서야 그만두지요. 그전에 자신의 상황을 받아들이고 변화를 주었더라면 좋았을 텐데……."

과거에는 주부 우울증 환자들이 많았다면 요새는 20, 30대 직장여성들의 우울증 환자가 갈수록 증가 추세라고 한다.

정신과 전문의에 따르면, 의욕을 보이는 것도 중요하지만 심신이 아프고 지쳐 있으면서도 건강한 척하는 것이 가장 안 좋다. 못하는 것은 못하겠다고 상사에게 솔직히 고백할 줄 아는 것도 자기를 지키기 위한 하나의 능력이라는 말이다.

긍정적으로 해석해보자면 우울증은 우리가 일해온 방식이나 살아온 방식을 재검토하고 궤도 수정할 기회를 주는 선물과도 같다. 우울증에 걸렸다는 것은 일이나 인간관계에서 상당히 무리를 해왔다는 증거다. 앞으로도 이 일을 계속해도 괜찮은지, 내가 하고 싶었던 것이 정말 이 일인지, 신중히 심사숙고하는 기회로 삼아야 한다.

그런 다음 업무 속도를 낮춰서 일해보거나, 큰마음 먹고 휴직하면서 배터리를 충전하거나, 급격하기는 하지만 이참에 직업을 바꿔버리는 것도 생각해볼 수 있다.

인생을 살아가는 방법은 다양하다. 한 번 일을 중단하고 멈춰 섰을 때에야말로 내 인생을 다시 신중히 돌이켜볼 수 있는 기회라고 생각하자.

어렸을 때부터 모범생이었고 일류 대학부터 일류 기업까지 늘 최선을 다해 열심히 살아온 K 양. 서른 살 생일을 앞두고 우울증 증세가 나타나더니 급기야 정신과에 다니기 시작했다.

상담을 통해서 자신이 여태까지 얼마나 부모들이 원하는 인생을 묵묵히 참고 살아왔던가를 통감했다고 한다. 마음의 건강을 다시 찾은 K는 부모의 반대를 무릅쓰고 5년간 다니던 회사를 그만두고 푸드 스타일리스트 견습생으로 일하기 시작했다. 그녀는 오랫동안 손으로 하는 것, 특히 요리 부문에 관심을 가지고 있었다. 처음으로 자신의 의지로 선택한 인생이기에 그녀는 지금 훨씬 더 생기있고 건강하게 하루하루를 살아가고 있다.

정신건강의학과는 나약하고 문제가 있는 사람들이 마지막에 어쩔 수 없이 가게 되는 이상한 곳이 아니라 자신의 정직한 생각

을 끌어내는 데 도움을 주는 곳이다. 낙담하거나 멈추는 것이 용
납되지 않는 사회가 오히려 이상하다는 것을 알아야 할 것이다.

5장

일이 주는
순수한 기쁨

나에게 행복을 주는
가치 목록

내가 좋아하는 일을 하면서 나답게 살아가는 것은 모든 직장여성들의 희망이다. 누군들 자신의 천직을 찾고 싶지 않겠는가? 그런데 나의 천직 찾기란 말처럼 쉽지 않다.

처음부터 '아, 이게 바로 내가 갈 길이구나!' 대번에 알아차리는 사람은 거의 없다. 대부분의 경우는 자신의 자리에서 나름대로 최선을 다하고 시행착오도 하면서 적성을 깨닫고 맞춰간다.

자극이 있어야 반응이 생기는 법이기에 여러 가지 일에 도전도 해보면서 나의 솔직한 반응을 살펴보는 것은 매우 효과적이다. 그것은 나 자신에 대해 더 알게 되는 계기를 마련해준다. 나를 안다는 것은 내가 무엇으로 인해 행복해지고 가슴이 두근거리게 되는지를 아는 것이다. 자신의 행복감을 이루는 요소들을 제대로 바라보기 시작하면 내가 원하는 일을 찾는 데에 한층 더 접근해갈 수 있을 것이다.

보통 사람들에게 일과 관련되어 행복감을 줄 수 있는 가치관은 크게 나눠서 다음의 다섯 가지라고 할 수 있다.

1. 부wealth
2. 명예honour
3. 재미fun
4. 안정stability
5. 권력power

당신이라면 이 가운데 어떤 것을 우선시하겠는가? '권력'은 조직 내의 지위에 따른 권력행사로, 그 직급이 누릴 수 있는 특권과 사람들에 대한 영향력을 중요시하는 것이다. 이는 꽤 중독성이 강한 것으로 알려져 있다. '명예'는 타인들로부터 '나는 유능하거나 좋은 사람'이라는 칭찬과 박수를 받아 자존심이 흡족해지는 상태를 말한다. 이는 보통 '부'나 '권력'을 얻은 자들이 마지막으로 탐내는 가치이기도 하지만 돈과 힘이 없어도 순수한 '명예'만을 얻으며 선비처럼 살아가는 이들도 있다. '재미'는 그 일이 설사 돈이 안 된다고 해도 일을 통해 얻는 희열과 보람을 추구하는 가치다. '부'와 '권력'을 통해서 특정 재미를 얻거나 살 수도 있겠지만 여기서의 '재미'는 실무자로서 일을 직접 가까이 접하며 느끼는 기쁨을 일컫는다. '안정'은 오래도록 변함없이 마음 편하게 일할 수 있는 것이 보장된 환경을 말한다. 어떤 이들은 우여곡절이 잦은 드라마틱한 삶보다는 지루하고 부귀영화와는 거리가 멀지만 소박하게 가늘고 길게 사는 삶이 가장 행복한 삶임을 믿어 의심치 않는다. '부'는 말 그대로 연봉 액수가 모든 것을 좌우한다고 믿는 것.

나의 경우 몇 해 전 열혈 직장여성일 때만 해도 명예와 권력이 리스트의 맨 위에 올라와 있었던 것 같다. 승진과 상사의 총애와 주변에서 일 잘한다고 인정해주는 것, 그리고 부하직원들이 나를 진심으로 잘 따라주기를 간절히 바랐다. 그러나 프리랜서를 하는 지금은 권력이 빠지고 대신 재미가 리스트에 올라와 있다. 여전히 타인의 인정을 받고 싶어 하지만 명함에 찍힌 직급에는 전혀 관심이 없어졌으며 대신 내가 원하고 즐거워하는 일을 가급적 오래도록 잘하고 싶을 뿐이다.

우리는 위의 다섯 가지 항목을 모두 골고루 가질 수는 없다. 사람이 늘 칭찬만 받고 살 수는 없는 노릇이며, 권력을 가진 자라면 욕을 먹기가 더 쉽다. 부와 권력을 갖기 위해서라면 내가 별로 하고 싶지 않은 일들을 해야 할 때도 많다. 마음 편하게 안정적으로 소박하게 일하는 것도 나름대로 기쁨이 있겠지만 과연 그것이 일이 가진 본연의 재미를 안겨줄까? 적어도 치열한 경쟁 속에서 승자가 되었을 때의 쾌감을 느껴보기는 힘들 것이다. 한편 일하는 재미에 푹 빠져 자신이 좋아하는 일을 앞뒤 안 보고 추구하다 보면 왕왕 경제적인 이익과는 거리가 먼 방향으로 갈 수도 있다. 이렇게 하나의 가치를 얻으면 다른 가치를 포기해야만 하는 경우가 많다.

그렇다면 나에게는 어떤 가치가 불가결하고 또 어떤 가치를 포기할 수 있을까? 위의 다섯 가지 가치들을 떠올리며 나의 우선순위를 헤아리다 보면 엉킨 생각이 서서히 풀릴지도 모른다.

특히 입으로는 꿈과 목표를 떠들면서 실천이 없을 때는 더욱 가치관의 우선순위를 중간 점검해보는 것이 바람직하다. 돈을 벌고 싶다면서 전직이나 창업 준비도 안 하고, 인맥 넓히겠다면서 모임 나가서 말도 없이 구석에 처박혀 있는가 하면, 인정받길 원하면서 실질적인 노력은커녕 지각에 정시 퇴근이라면?

목표한 바를 행동과 실천으로 옮기려고 할 때 뻣뻣하게 목이 당기는 마비증상이 오는 것은 어쩌면 잠재의식 속에서 내가 다른 것을 원하고 있기 때문인지도 모른다.

주변 사람들 쫓아서 돈타령을 해도 속마음은 돈보다 다른 가치를 원하는 게 아닐까? 독립해서 자유롭게 일하고 싶다고 떠들지만 실은 조직의 안정적인 보호가 가장 절실한 건 아닐까? 남들은 어서 승진해서 직원들을 진두지휘하고 싶어 하지만 정작 당신에게는 윗자리에 오르는 것이 쾌감보다는 고역에 가까운 건 아닐까? 이렇게 자문해서 만약 자신이 정말로 원하는 건 따로 있었다고 깨달으면 그에 맞게 직장생활을 수정해야 한다. 기존에 따랐던 가치관이 변화한다는 것은 많은 부분 라이프 스타일 전체의 변화를 가져오지만 그것이 정직한 마음속의 외침이라면 그 변화는 극히 자연스럽게 그리고 긍정적으로 이루어질 것이다.

월요일의
그녀에게

내가
포기할 수 있었던 것들

부, 명예, 재미, 안정, 권력. 다섯 가지 가치 중에서 우선순위를 골라냈다면 조금 더 세부적으로 들어가보자. 다음의 질문을 나 자신에게 던져보자.

당신이 일에서 포기할 수 있는 것과 포기할 수 없는 것은 무엇인가?

대부분은 무심히 기계적으로 일을 해치우는 데 급급한 나머지 이 질문에 바로 대답하기 힘들 것이다. 나도 생각하는 데 꽤 오래 걸렸다. 그래서 과거 직장인이던 나와 지금 프리랜서인 내가 포기할 수 있던 것과 없던 것들을 정리해보았다.

내가 포기할 수 있던 것

- 정시 퇴근과 주말의 편한 휴식
- 상사로 인해 상처받는 자존심
- 건강

내가 포기할 수 없던 것

- 상사의 인정과 격려
- 동급 최강의 직급과 연봉(돈 자체보다는 그에 대한 자부심)
- 나에 대한 부하직원의 신뢰
- 엔돌핀을 돌게 하는 도전적인 프로젝트
- 일에 대한 통제욕

한마디로 나는 일 욕심, 사람 욕심이 엄청 많았던 사람이다. 그
것으로 인해 내 몸이 상하고 때로는 자존심에 상처입는 것을 감
당해내며, 번잡한 인간관계 속으로 기꺼이 뛰어들었다. 아무리
몸과 마음이 극도로 피곤해도 결과적으로 내가 치열하게 일하고
살았다는 확실한 느낌만은 절실히 필요했던 것 같다.

회사 전체의 프로젝트라 하더라도 나의 입김과 흔적을, 나의
개성과 색채를 가급적 많이 집어넣고 '내 일'이기를 갈구했던 것
같다. 대신 그만큼 주위로부터 건방지다는 소리를 안 들으려고

배 이상으로 과로해야만 했다. 흔히 말하는 '피곤한 성격'의 소유자였다. 그래도 그렇게 해야 직성이 풀렸고 일을 통한 만족감을 느끼는 천성인데 어쩌겠는가. 당시에는 '내가 포기할 수 없는 것'이 더 중요했던 것 같다.

반대로 프리랜서로 글쓰는 일을 시작하면서는 내가 무엇을 버리고도 살 수 있느냐가 더 중요해졌다. 조직 속에서 움직이는 회사원 시절과는 달리 독립하여 혼자서 일할 때는 생각보다 많은 것들을 포기해야 했기 때문이다.

프리랜서인 현재의 나

내가 포기할 수 있는 것

- 왁자지껄 즐거운 회식과 동료애
- 사소한 권력이 주는 쾌감
- 매일 어딘가에 차려입고 출근하는 것
- 그럴싸한 직급이 박힌 빳빳한 명함
- 심리적, 실질적 소속감
- 적금을 부을 수 있는 높은 연봉
- 주변 사람들에 대한 '감정노동'

내가 포기할 수 없는 것

- 내가 최선을 다한 만큼 결과가 정직하게 보이는 일

- 의미와 보람을 찾을 수 있는 일
- 타인과 진심을 '소통'하는 느낌
- 건강관리를 할 수 있는 시간과 정신적 여유
- 인생의 멘토
- 최소한의 생활비

내가 글쓰는 일을 집중적으로 해보고 싶다고 생각했을 때, 일단 가장 먼저 포기할 수 있던 것은 회사가 줄 수 있는 다양한 재미였다. 회사는 매일이 사건과 사고의 연속! 괴롭기도 했지만 한편으로는 동료들 간의 우애를 통해 스트레스를 풀기도 하고 직장생활의 애환을 공유하는 재미도 쏠쏠했다.

그러나 이젠 다른 즐거움이 생겼다. 게다가 계절마다 멋진 출근복이나 화장품을 쇼핑하는 재미도 포기할 수 있었고 회사 이름을 통해서 남에게 날 증명하는 일에 대해서도 별로 관심이 없어졌다. 나는 조직원 중 한 사람으로 조직 내에서 치열한 경쟁을 하기보다 나라는 단독상품으로 소비자들에게 직접 승부하고 싶었던 것 같다.

하지만 아무리 그래도 먹고는 살아야 했기에 최소한의 생활비는 보장되어야 했다. 또한 혼자 하는 일이다 보니 의식적으로 타인과의 소통 기회에 더 적극적이어야 했다. 회사를 나왔다고는 하지만 지속적으로 전 회사동료들과 만나며 피상적인 사교가 아닌 평생 갈 친분을 새로이 만들어가고 있다. 그리고 프리랜서로 활동하면서 새롭게 맺은 인연들도 더욱 소중하게 느껴진다.

또한 인생의 멘토도 회사 다닐 때는 운이 좋으면 나의 상사가 그 역할을 해주었지만 지금은 역시 혼자 일하기 때문에 끊임없이 안테나를 예민하게 세워가며 나의 역할모델이 되어줄 수 있는 사람을 찾고 그 사람에게 다가가는 노력을 해야 한다. 다가갈 수 있기 위해서는 물론 나 자신이 어느 정도의 성과를 이루는 것이 기본 전제이기도 하다. 마지막으로 회사원 시절 포기했다가 큰 낭패를 본 건강이 이번에는 절대 포기할 수 없는 것이 되어버렸다.

이렇게 사람은 저마다의 커리어 스테이지에서 포기할 수 있는 것과 포기할 수 없는 것이 유기적으로 변해가는 법이다. 포기할 수 없는 것만 잔뜩 떠오른다고? 그렇다면 그것들을 다 포기하지 않고도 살아가는 방법을 최선을 다해 모색하면 된다. 다만 현실적으로는 포기할 수 있는 것을 심사숙고해서 찾아보는 것이 나 자신과 내가 원하는 것에 대해 훨씬 더 많은 것을 깨닫게 해줄 것이다.

동심의 행복했던
추억이 주는 힌트

한 직장선배가 사석에서 이런 말을 꺼냈다.

"우리의 정신연령은 27세에서 딱 멈춰 있어."

그녀는 20대 같은 40대였다. 육체적으로는 늙어가도 마음과 사고방식, 가치관은 감정과 열정이 가장 활발한 정점에서 대부분 멈춘다는 것은 과연 일리있는 말이었다.

정신연령이 20대 중반 상태에서 박제가 된다고 치면, 좋아하는 일이나 하고 싶은 일 혹은 흔히들 꿈이라고 부르는 것은 어린 시절에 그 징표가 이미 나타나는 것 같다. 그렇다면 과거 어린 시절의 나를 다시 떠올려봄으로써 평생직업의 힌트를 얻을 수 있지 않을까.

갓난아기를 잘 보살피고 잘 챙기던 여자아이가 커서 믿음직한 고객상담역이 되고, 왕성한 호기심으로 전자제품을 이리저리 뜯어보고 조립해보던 남자아이가 어른이 돼서 실력 있는 리서치 전문가가 되어 고객들에게 가치를 제공한다는 한 금융사 CF를 보면서 상당히 공감하며 고개를 끄덕인 적이 있다.

웬만한 어른보다 바쁜 요즘 초등학생과 달리 우리가 초등학생 시절에는 학교 공부 말고는 특별히 우리를 속박하거나 제약하는 것이 없었다. 그 남아도는 시간에 우리는 충분히 놀 수 있었는데, 원래 놀이라는 것은 무리해서 억지로 하는 것이 아니라, 순수한 기쁨과 만족을 느끼기 위해 하는 것이기에 시사하는 바가 크다.

내가 뭘 하면서 노는 것을 좋아했는가를 곰곰이 기억해내다 보면 의외로 '근본적으로 나라는 사람이 좋아하는 것'을 찾는 데 중요한 힌트를 얻을지도 모른다. 그 시절의 나는 돈이나 명예, 주변의 기대와는 상관없이 원래 내가 하고 싶었던 것을 자유롭게 했을 테니까.

나의 소녀 시절을 돌이켜보면, 책 읽는 것을 무척 좋아했고 매일 보는 친구들한테도 뭐 그렇게 할 말이 많은지 편지 쓰는 것을 좋아했다. 아마도 수줍어하는 성격 탓이었을 것이다. 미처 말로는 하지 못한 이야기를 글로 적어서 상대에게 보내는 일은 나에게 휴식이자 기쁨으로 충만한 시간이었다. 세월이 흐르면서 여러 가지 새로운 취향과 성격이 후천적으로 생겨도 근본적으로 독서를 즐기고 편지와 글을 주고받는 것은 사실 이날 입때까지 내가 즐기는 것이다.

회사생활에서도 이러한 성향은 하나도 변한 게 없어서, 사람들 앞에서 내 생각을 표현하거나 소비자들의 마음에 잔잔한 울림을 줄 수 있는 감성마케팅 기법을 즐겨 구사했다. 물론 지금 내가 글을 쓰는 일을 함으로써 느끼는 기쁨은 어렸을 때 가장 순수했던 마음으로 느꼈던 편지쓰기의 기쁨이 그대로 발전했다고 해도 무방할 것이다.

나는 일본 도쿄에 갈 일이 있을 때마다 조금이라도 짬이 생기면 도쿄 옆의 항구도시, 요코하마에 들르곤 한다. 내가 초등학교 저학년을 보낸 추억의 동네이기 때문이다. 자신이 성장한 곳에 다시 가보는 행위는 어렸을 적 순수한 동심의 나 자신과 만나는 가슴 아릿한 경험이다. 조금 더 솔직해지는 자기 자신을 발견하게 되어 새로운 힘을 얻을 수 있다. 지금 왠지 마음이 답답하고 앞이 안 보일 때 기분전환 겸, 어릴 적 살던 동네에 한번 나들이 가보는 것은 어떨까?

오랜만에 코흘리개 시절의 친구들을 만나서 서로 마음을 보듬어주는 것도 좋은 방법이다. 그리고 그들에게 자신이 어떤 아이였는지 물어보면 어떨까? 그 친구들이야말로 최초의 목격자이자 증언자이다. 동심을 떠올리며 어렸을 때 내가 뭘 좋아했는지 찾아가다 보면 몰랐던 나, 숨겨졌던 나, 하지만 당연히 만났어야 할 나 자신을 만나게 될지도 모른다.

여자의 직감은
무시 못해!

자신의 직감을 믿고 그에 따라 행동하거나 판단을 내린 적이 있는가? 만약 그런 적이 없다면 당신은 아까운 것을 놓치고 있는 것이다.

혼란스러운 일이 닥쳤을 때 여러 가지를 따져봐서 이성적으로 판단했건만, 나중에 결과적으로 뚜껑을 열어보니 '아, 역시 내 직감이 맞았구나.'라고 무릎을 칠 때가 종종 있다. 논리적인 결론을 내렸지만 왠지 찜찜했던 것이 마음에 걸렸으리라.

직감은 매우 비논리적인 것처럼 보이지만 원래 그것은 본능적으로 우리를 지켜주기 위해 존재하는 것이다. 원래 인간은 우수한 직감적 본능을 가지고 태어났다고 한다. 추론하기로는 여자의 경우 임신이나 출산이라는 중대사를 책임져야 하기에 더더욱 주변의 잠재되어 있는 위험요소에 태생적으로 민감한 것이 아닐까 싶다. 하늘이 내려준 위기대처 능력이라고 할까?

하지만 현대에는 여자든 남자든 어른이 되면서 점점 본능이나 감성보다는 과학과 이성이 더 중시되는 분위기 속에서 성장하는 탓에 직감적 본능을 무시하고 살게 된다. 그렇게 무시하고 사용하지 않다 보니 당연히 직감적 본능은 점점 퇴화하기 마련이다. 직감적 본능이 퇴화한 사람들은 점차 불확실한 자신의 느낌을 믿지 않게 된다. 그것을 반대로 해석하면 직감적 본능은 사용하면 할수록 날카로워진다는 논리가 성립될 것이다.

이제부터라도 자신의 직감을 인생의 선택이나 결단에 도움이 되도록 단련해보자. 그리고 이성과 직감이 서로 충돌한다면 가끔은 내 직감을 따라보자.

객관적 조건이 좋아도 면접하는 동안 '이곳은 내가 있을 곳이 아닌데.'라고 느끼거나 잠재적인 비즈니스 파트너와 협의하는 와중에 '이 사람과 같이 일하면 문제가 생길 거야. 전체 일에서 파트너십을 체결하기 전에 일단 이 부분만 먼저 같이 일해보고 판단하는 게 좋겠어.'라는 생각이 들면 그 직감이 내게 무슨 말을 하는지 차분히 귀 기울여보자. 물론 건강한 직감이 나오기 위해서는 정신적, 신체적 건강이 전제되어야 한다.

그러고 보니 기억나는 일화가 있다. 과다한 일과 스트레스로 신경이 한껏 예민해진 나는 그 분야에 용하다는 한 한의사를 찾았다. "내가 이렇게 예민한 게 너무나 싫다."고 그에게 토로하자 그가 이렇게 말했다.

"자신이 선천적으로 남들보다 예민한 것을 무조건 나쁜 것으로 받아들이지 마세요. 예민하다는 것은 그만큼 직감이 뛰어나다는 걸 의미하거든요. 일부러 둔해지려고 하기보다는 예민함을 더욱 잘 키워서 긍정적인 방향으로 활용하는 쪽을 택하세요. 어차피 타고난 거 고치는 게 백 배 더 힘들거든요."

참으로 지당한 말씀이었다.

그 한의사의 조언이 특히나 가슴에 콕 박혔던 이유는 사실 나의 경우 여자의 육감이라는 것을 상당 부분 믿어왔기 때문이다. 혹자(남자)들은 여자는 매달 마술에 걸리는 변화무쌍한 호르몬 작용에 휘둘리기 때문에 변덕이 심하고 신뢰하기 힘들다는 말도 하지만, 도리어 나는 그것 때문에 더 섬세하고 감각에 날이 서 있다고 생각한다.

또한 여자들에게는 칭찬 듣는 착한 여자가 되어야 한다는 억눌린 강박증이 잠재되어 있어서 하고 싶은 것보다는 해야 하는 것에 치중하는 경향이 있다. 따라서 이렇게 드물게 찾아오는 가슴의 스멀거림은 감지되는 대로 적극적으로 수용해야 한다고 생각한다. 두근거리고 놀라운 감정을 느끼게 하는 일이 있으면 주저하지 말고 더 깊숙이 발을 담그기 바란다.

한번 '끌리는' 일을 경험해보면 반드시 그것은 또 다른 끌림으로 연결될 것이다!

내가 나의 직감대로, 나의 본능대로 잘 가고 있다면 일을 하면서 '난 참 괜찮은 사람이구나!'라는 순수한 기쁨을 느낄 수 있을 것이다.

행동하는 것이
이기는 것이다

'요즘 같은 세상에선 뭘 해도 똑같아.' '지금에 와서 내가 좋아하는 일을 찾는다는 건 바보 같은 짓이야.' '세상은 그냥 버티며 살아가는 것만으로도 충분하지.'

이미 지금 와서 좋아하는 일, 천직, 평생직업 따위를 운운해봤자 늦었다고 생각하는가?

가령 당신이 33세라고 치자. 당신의 나이는 평생에 걸쳐 하고 싶은 일을 찾고 시작하기에 결코 늦은 나이가 아니다. 하지만 27세와 비교하면 다소 불리할 수 있다. 단지 그뿐이다.

나이가 들면 새로운 일을 처음부터 시도하는 데 현실적인 사회적 제약이 조금 더 생기겠지만 그렇다고 가능성이 완전히 없어지는 것도 아니다. 아예 가능성이 없다면 마음은 차라리 포기해서 편할 수도 있겠지만 우리가 이토록 좌절하고 고민하는 것은 그 가능성을 조금이라도 믿고 있기 때문이다. 그렇다면 주저앉아 있지 말고 지금이라도 훌훌 털고 일어서자.

나이가 들어서 너무 늦었다고 생각할수록 "행동하는 사람이 이기는 것이다."라고 말해주고 싶다. 막연히 관심만 가지고 있던 직업이 있다면 그 직업에 대해 보다 면밀히 알아보고 찾아보도록 하자. 현재 그 직업을 가지고 있는 사람에게도 적극적으로 다가가 이야기를 들어보자. 혼자 생각하는 것과 경험자의 이야기를 들어보는 것은 천지 차이다. 가능하다면 직접 조금이라도 체험해볼 수 있는 기회를 찾아보는 것도 좋다. 더 좋아질 수도, 아니면 이건 생각보다 못하다고 느낄 수도 있을 것이다. 이 모든 것은 행동하기 전에는 알 수 없는 것들이다.

그런 다음 좋아하는 일에 대한 확신이 단단하게 섰다면 목청껏 표현하라. 나는 그 일이 좋고 그래서 그 일이 하고 싶다고. 나자신에게 떳떳하고 솔직한 목표가 생겼는데 왜 주변에 알리지 않고 가만히 혼자서 수줍게 숨기고 있는가. 황당무계할 수도 있는 자신의 꿈에 대해 얘기하는 것은 절대로 유치한 일이 아니다. "출세하고 싶다, 사장이 되고 싶다."라고 말해도 상관없다. 아무도 뭐라고 하지 않는다. 또 누가 뭐라고 핀잔을 주든 그것이 무슨 상관인가? 오히려 자기 속내를 드러낼수록 주변에서는 가능한 한 도와주고 싶어 할 것이다. 가만히 있으면 아무도 관심을 가져주지 않을 것이고 정작 당사자인 본인도 점차 관심을 거두게 될지도 모른다. 주책바가지라는 소리를 듣더라도 자꾸 입 밖으로 내는 훈련을 할 필요가 있다. 입 밖으로 표현해야 비로소 그것이 '현실' 속에서 꿈틀대며 살아 움직이기 때문이다.

표현하고 나면 그다음은, 좋아하는 일을 하기 위한 행동을 취하도록 한다. 사실 자기한테 맞는 일과 기어코 만나게 된 행복한 사람은 어떤 의미로든 '행동'을 일으킨 사람이다. 백일몽 꾸듯이 늘 '난 이 일을 계속 할 사람이 아닌데…….' '언젠가는 내 꿈이…….'라고 중얼댄다고 해도 행동이 따라주지 않으면 탁상공론에 불과하다. 내가 좋아하는 일을 목표로 삼아 자신의 현 상태를 직시하고 개선해나간다거나, 그 일을 할 수 있는 다양한 계기와 끈을 만들며 한 발자국씩 전진하고 행동해야 한다.

반면 그냥 부정적인 생각을 일삼으면서 걱정만 하는 것은 나 자신을 방치하는 태도일 뿐이다. 걱정과 불안에 빠져 있을 때 나는 나 자신을 위해서 할 수 있는 최선의 유익한 행동이 무엇인지, 그리고 현재 자신의 정확한 욕구가 무엇인지 깨닫기 힘들다. 불안에 대한 해독제는 오로지 행동뿐이다.

행동하는 것이 이기는 것이라는 말은 나의 개인적 경험에서 배운 현실의 법칙이기도 하다. 칼럼니스트로 글쟁이 개업을 시작해서 첫 연재를 따게 된 배경에 대해서는 앞서 말했지만, 그 후에 내가 행동을 취한 것은 첫 발자국을 따라 점차 칼럼을 연재하는 매체를 늘린 것이다.

초창기 때는 먼저 누가 나를 알아주고 접근해주는 것은 아직 꿈에 불과하다는 현실을 직시했기에 내가 먼저 원고들을 들고 몇 군데 신문사에 당돌하게 제안해야만 했다. 그리고 그중 내심 기대도 안 한 한 신문사는 그 뻔뻔한 당돌함이 신기했는지(연재물 담당기자는 "아무도 이렇게 막무가내로 다가와서 자기 글 영업하진 않거든요!"라며 신기해했다). 흔쾌히 연재를 채택해서 1년 동안 직장여성을 주제로 칼럼을 쓸 수 있었다. 첫 단행본도 그간의 숱한 기획서 작성 경험을 살려, 정성스럽게 출판 기획서를 작성해서 샘플 원고들과 함께 주요 출판사에 적극적으로 들이민 결과였다.

내가 직접적으로 에너지를 보내면 그것을 받아주는 상대는 반드시 있는 법이다. 하지만 내가 '이 정도 하면 뭐 대충 알아서 되겠지……'라는 거만한 생각으로 나태해지면 돌아오는 반응은 철저히 전무했다. 이것도 다 행동과 시행착오를 통해 깨닫게 된 현실의 법칙이다. 내가 움직이지 않으면 아무도 나를 위해 움직여주지 않는다.

인생에는 지도도 없고 내비게이션이 장착되어 있지도 않다. 어떻게 움직일지는 온전히 나의 몫이다. 사실 내 인생의 진로를 선택할 자유는 괴롭고 힘든 것이 아니라 매우 즐거워야 할 일이다. 우리는 어차피 더 좋아하는 것을 부단히 찾기 위해 인생을 사는 것 아닐까?

라이프 스타일 선택은
지극히 개인적인 것

서점에 가면 성공한 전문직 커리어우먼의 성공담을 소개한 자서전류의 책을 많이 발견할 수 있다. 여러 가지 역경을 딛고 그 자리에 우뚝 서기까지 눈물겹게 노력한 주인공의 이야기는 가히 감동적이다. 동경의 대상이자 역할 모델이 될 법한 그녀들의 이야기는 직장여성 독자들의 구미를 당기기에도 충분하다.

그런데 읽고 난 다음이 문제다. 처음에는 부럽고 그들처럼 되고 싶은 마음에서 책을 구매하지만 다 읽고 나면 화를 내는 이들이 있기 때문이다. 영감이나 용기를 얻기보다는 엉뚱하게 자기비하가 심해지거나 "어차피 이 여자는 재능을 타고났으니까 그 정도 한 거지. 아니면 집안형편이 받쳐주거나."라며 꽤나 삐딱한 태도로 빈정거린다.

이실직고 하자면 과거의 나도 그랬던 것 같다. 겸손한 듯 보이지만 빙빙 돌려 자신의 업적을 하나하나 자랑하며 잘난 척하는 것 같아 아주 꼴사나웠던 것이다. 특히나 그렇게 한 번 부정적으로 보기 시작하자 끝도 한도 없었다.

정작 그 당시 깨닫지 못한 중요한 사실은 내가 책 속의 그녀가 될 수도, 될 필요도 없다는 것이었다. 나는 나일 뿐이다. 나는 타인의 성공담을 엿보면서 벤치마킹할 수 있는 힌트들을 건져서 자기 식대로 인생에 적용해보려는 시도를 해볼 수는 있지만 내가 그녀처럼 살아야 할 이유도, 살 수도 없었다. 타인과의 직접적인 비교를 통해 얻을 수 있는 것은 아무것도 없다. 괜한 열등감으로 자기 자신을 심리적 낭떠러지로 몰아세우거나 근거 없는 얄팍한 우월감으로 잠시 눈이 멀 뿐이다.

그러나 '남은 남이고 나는 나야. 나는 내 식대로 살아갈 거야.'라고 아무리 다짐해도 걸핏하면 타인과 내 처지를 비교하게 되는 것이 나약한 우리들의 모습이다. 왜 그럴까? 이것은 자신의 행복이나 성공의 형태, 가치관, 진심으로 갖고 싶은 것을 제대로 인식하지 못했기 때문이다. 아니, 그전에 나의 욕구를 인식해야 할 필요성을 아는지부터 확인해야 할 것 같다.

어쩌면 우리는 성장과정에서 부모님, 선생님, 그리고 상사들의 일방적인 훈시를 들어온 탓에 더더욱 내 나름의 해답을 찾을 필요를 느끼지 못했을 수도 있다. 그저 나보다 잘난 남들이 하는 것을 답습하면 된다고 생각했으니까. 자신이 원하는 라이프 스타일을 확실히 인식하지 못한 탓에 귀가 얇아지고 다른 사람들의 말에 쉽게 현혹되는 것이다.

내 나름의 답을 스스로의 머리로 생각해보고 실천할 의지를 갖지 않는다면 나에게 맞는 행복한 라이프 스타일은 찾을 수 없다. 당신이 내린 답은 여태까지 사회가 제공해온 상식이나 주변 사람들이 인정하는 것과 일치하지 않을 수도 있다. 뿐만 아니라 내가 생각하는 행복과 성공이 다른 누군가가 정의한 것과는 전혀 딴판일 수 있다. 자신의 생각을 버리고 타인의 잣대에 맞추어 사회적으로 성공을 이룩했지만 가슴 한쪽에서 '이건 내가 원하던 것이 아닌데…….'라며 불행하다고 느끼거나 늘 뭔가 부족하다고 느끼는 것도 이 때문이다.

성장과정이나 결혼과 출산의 시기, 행복의 정의나 개인적 능력도 저마다 다르기 때문에 각자 자신이 처한 상황에서 목표나 라이프 밸런스를 찾는 것이 바람직하다. 이제부터라도 타인 위주의 'should'보다는 나 위주의 'want'를 우선시하는 라이프 스타일을 선택할 수 있도록 노력했으면 좋겠다.

남들처럼 욕심 부리지 않고 그저 평범하게 살겠다고 한다면? 나는 개인적으로 '평범'하다는 단어의 뜻이 뭔지 잘 모르겠다. 다만 원래부터 평범하게 태어나기보다는 어느 시기부터 평범하기로 작정하고 평범의 탈을 쓰고 살아가는 억눌린 개성들이 있을 뿐이다. 고로 평범한 것을 미덕으로 간주하는 마음가짐도 다시 한 번 살펴보았으면 한다. 남과 비교해서 특별히 튀지 않고 소박한 행복을 누리며 너무 많은 것을 바라지 않는 중산층 의식도 행복의 기준이 타인과의 비교에 있는 것이 아닐까?

내 눈에는 젊은 사람들이 평범한 것에 안주하려는 생각이 위태로워 보인다. 냉정하게 바라보면 이런 심리는 더 행복해지고 싶기는 한데, 뭔가 자신이 새롭게 시도한 행동 때문에 지금보다 상태가 나빠지지 않을까 불안해서 변화를 거부하고 현상유지를 바라는 것이라고 할 수 있다. 지금의 상태를 그대로 지켜나가는 것이 자신의 행복을 유지하는 것이라고 착각하는 것이다.

평범하면 그래도 남에게 뒤처지지 않고 최소한 '기본'은 하겠지 라는 믿음을 가졌다면, 아무리 본인들이 변화를 거부한다 해도 인생의 과정 속에서 예기치 못한 변화는 늘 일어난다는 사실을 주지시키고 싶다. 평범함의 추구는 또 다른 모습의 나른하고 수동적인 '타인과의 비교'로 보인다.

남들과 똑같은 식으로 잘날 필요도, 남들과 똑같은 식으로 평범할 필요도 없다. 라이프 스타일 선택은 매우 개인적이어야 하고 '나'다워야 한다. 그래서인지 누가 내 일련의 행동을 보고 "참 임경선스럽다."고 혀를 끌끌 차도 별로 기분 나쁘지 않다.

월요일의
그녀에게

월요일의 그녀에게

1판 1쇄 발행 2007년 8월 22일
1판 8쇄 발행 2011년 7월 22일
2판 1쇄 발행 2014년 11월 17일
2판 2쇄 발행 2015년 1월 12일

지은이 임경선

발행인 양원석
본부장 송명주
편집장 김정옥
전산조판 김미선
해외저작권 황지현, 지소연
제작 문태일, 김수진
영업마케팅 김경만, 정재만, 곽희은, 임충진, 이영인, 장현기, 김민수,
　　　　　임우열, 윤기봉, 송기현, 우지연, 정미진, 이선미, 최경민

펴낸 곳 ㈜알에이치코리아
주소 서울시 금천구 가산디지털2로 53, 20층 (가산동, 한라시그마밸리)
편집문의 02-6443-8856　　**구입문의** 02-6443-8838
홈페이지 http://rhk.co.kr
등록 2004년 1월 15일 제2-3726호

ⓒ임경선, 2014, Printed in Seoul, Korea

ISBN 978-89-255-5451-8 (03810)

RHK는 랜덤하우스코리아의 새 이름입니다.